Priešingos Pusės

Priešingos Pusės

Aldivan Torres

aldivan teixeira torres

Contents

1

Priešingos Pusės

Priešingos Pusės

Aldivan Torres

Paskelbė: Aldivan Torres
©2019-Aldivan Torres
Korektūra: Aldivan Torres
Visos teisės saugomos
Priešingos jėgos: pirma dalis

Trumpa biografija: Brazilijoje gimęs Aldivan Torres yra įvairių žanrų rašytojas. Iki šiol turi pavadinimus, išleistus dešimtimis kalbų. Nuo mažens jis visada buvo rašymo meno mylėtojas, nuo 2013 m. antrosios pusės įtvirtinęs profesinę karjerą. Savo raštais jis tikisi prisidėti prie tarptautinės kultūros, pažadindamas malonumą skaityti tiems, kurie neturi įpročio. Jūsų misija yra užkariauti kiekvieno skaitytojo širdį. Be literatūros, pagrindinės jo diversijos yra muzika, kelionės, draugai, šeima ir paties gyvenimo malonumas. "Literatūrai, lygybei, brolybei, teisingumui, orumui ir žmogaus garbei visada" yra jo šūkis.

Suvestinė

Nauja era

Po nesėkmingo bandymo išleisti knygą jaučiu, kaip mano stiprybė atsistato ir sustiprėja. Juk tikiu savo talentu ir tikiu, kad įvykdysiu savo svajones. Supratau, kad viskas vyksta savo laiku, ir tikiu, kad esu pakankamai subrendęs, kad įgyvendinčiau savo tikslus. Visada atminkite: kai mes iš tikrųjų norime tikslo, pasaulis sąmokslauja, kad tai įvyktų. Taip jaučiuosi: atsinaujinu jėga. Atsigręžęs atgal galvoju apie taip seniai skaitytus kūrinius, kurie tikrai praturtino mano kultūrą ir žinias. Knygos atveda mus per mums nežinomas atmosferas ir visatas. Jaučiu, kad turiu būti šios istorijos, didžiosios istorijos, kuri yra literatūra, dalimi. Nesvarbu, ar liksiu anonimas, ar tapsiu puikiu autoriumi, kuris yra pripažintas visame pasaulyje. Svarbu yra tai, kokį indėlį kiekvienas iš jų įneša į šią didžią visatą.

Džiaugiuosi dėl šio naujo požiūrio ir ruošiuosi didžiai kelionei. Ši kelionė pakeis mano likimą ir likimus tų, kurie gali kantriai skaityti šią knygą. Eikime kartu į šį nuotykį.

Preparatai

Lagaminą pakuoju su savo asmeniniais nepaprastai svarbiais daiktais: kai kuriais drabužiais, keliomis geromis knygomis, savo neatsiejamu nukryžiuotojo ir Biblija bei šiek tiek popieriaus rašyti. Jaučiu, kad iš šios kelionės įsigysiu daug įkvėpimo. Kas žino, gal aš tapsiu nepamirštamos istorijos, kuri įeina į istoriją, autoriumi. Tačiau prieš eidamas turiu atsisveikinti su visais (ypač mama). Ji yra per daug apsaugota ir neleis man eiti be rimtos priežasties ar bent jau pažado, kad netrukus sugrįšiu. Jaučiu, kad vieną dieną turėsiu duoti laisvės šauksmą ir skristi kaip paukštis, sukūręs sparnus... ir ji turės tai suprasti, nes aš priklausau ne jai, o visatai, kuri mane priėmė, nieko iš manęs nereikalaudama mainais. Būtent dėl visatos nusprendžiau tapti rašytoju ir atlikti savo vaidmenį bei ugdyti savo talentą. Kai atvyksiu į kelio pabaigą ir kažką iš savęs padarysiu, būsiu pasiruošęs įžengti į bendrystę su kūrėju ir išmokti naują planą. Esu tikras, kad jame taip pat turėsiu ypatingą vaidmenį.

Griebiu lagaminą ir dėl to jaučiu savyje kylantį sielvartą. Į galvą ateina ir mane trikdo klausimai: kokia bus ši kelionė? Ar nežinomybė bus pavojinga? Kokių atsargumo priemonių turėčiau imtis? Žinau tik tiek, kad tai bus verčianti susimąstyti mano karjerą, ir aš esu pasirengęs tai padaryti. Susigriebiu lagaminą (dar kartą) ir prieš išeidamas ieškau savo šeimos atsisveikinti. Mano mama virtuvėje ruošia pietus su seserimi. Priartėju ir atkreipiu dėmesį į esminį klausimą.

"Matote šį krepšį? Tai bus vienintelis mano kompanionas (išskyrus jus, skaitytojus) kelionėje, kurią esu pasirengęs padaryti. Siekiu išminties, žinių ir savo profesijos malonumo. Tikiuosi, kad jūs ir suprantate, ir pritariate mano priimtam sprendimui. Ateik; duok man apkabinti ir gerus linkėjimus.

"Mano sūnau, pamiršk savo tikslus, nes jie yra neįmanomi vargšams žmonėms, tokiems kaip mes. Tūkstantį kartų sakiau: Tu nebūsi stabas ar kažkas panašaus. Suprask: Tu negimei būti didžiu žmogumi" "sakė mano mama Džuljeta.

"Klausykite mūsų mamos. Ji žino, apie ką kalba, ir yra teisi. Jūsų svajonė neįmanoma, nes neturite talento. Sutikite, kad jūsų misija yra tiesiog būti paprastu matematikos mokytoju. Tu neisi toliau už tai, "tarė Dalva, mano sesuo.

"Vadinasi, jokių apkabinimų? Kodėl jūs, vaikinai, netikite, kad man gali pasisekti? Aš jums garantuoju: Net jei aš sumokėsiu, kad įgyvendinčiau savo svajonę, man pasiseks, nes didis žmogus yra tas, kuris tiki savimi. Leisiuosi į šią kelionę ir atrasiu viską, ką reikia atskleisti. Be to, būsiu laimingas, nes laimė susideda iš ėjimo keliu, kurį Dievas apšviečia aplink mus, kad taptume nugalėtojais.

Tai pasakęs, aš nukreipiu save link durų su tikrumu, kad būsiu nugalėtojas šioje kelionėje: kelionėje, kuri nuves mane į nežinomas vietas.

Šventasis kalnas

Seniai girdėjau apie itin nesvetingą kalną aplink Pesqueirą. Tai yra Ororubá kalnų grandinės dalis (vietinis pavadinimas), kur gyvena vietiniai Xukuru žmonės . Jie sako, kad jis tapo šventas po paslaptingo medicinos žmogaus iš vienos iš Xukuru genčių mirties. Bet kokį norą ji gali paversti realybe, jei ketinimas yra tyras ir nuoširdus. Tai yra mano kelionės, kurios tikslas yra padaryti neįmanomą įmanomą, atspirties taškas. Ar tikite, skaitytojai? Tada likite su manimi, ypatingą dėmesį skirdami pasakojimui.

Po BR-232 greitkelio, pasiekiant Pesqueira savivaldybę, maždaug penkiolika mylių nuo centro, yra Mimoso, vienas iš jos rajonų. Neseniai pastatytas modernus tiltas suteikia prieigą prie vietos, esančios tarp Mimoso ir Ororubá kalnų, kurias maudosi Mimoso upė, einanti į slėnio dugną. Šventasis kalnas yra būtent šiuo metu ir būtent čia aš važiuoju.

Šventasis kalnas yra šalia rajono ir per trumpą laiką aš esu po juo. Mano protas klaidžioja erdvėje ir tolimame laike, įsivaizduodamas nežinomas situacijas ir reiškinius. Kas manęs laukia lipant į šį kalną? Tai tikrai atgaivins ir paskatins patirtis. Kalnas yra žemo ūgio (2300 pėdų (0,7 km)) ir su kiekvienu žingsniu jaučiuosi labiau pasitikintis savimi, bet ir besilaukiantis. Prisiminimai ateina į galvą apie intensyvius išgyvenimus, kuriuos išgyvenau per savo dvidešimt šešerius metus. Per šį trumpą laikotarpį buvo daug fantastiškų įvykių, kurie privertė mane patikėti, kad esu ypatingas. Pamažu galiu pasidalinti šiais prisiminimais su jumis, skaitytojai, be kaltės. Tačiau dabar ne laikas. Aš tęsiu kalno kelią, ieškodamas visų savo norų. To ir tikiuosi, ir pirmą kartą esu pavargusi. Esu keliavęs pusę maršruto. Nejaučiu fizinio išsekimo, bet daugiausia dėl keistų balsų, prašančių grįžti atgal. Jie primygtinai reikalauja gana daug. Tačiau aš lengvai nepasiduodu. Noriu pasiekti kalno viršūnę dėl visko, ko jis vertas. Kalnas man kvėpuoja permainų orais, kurie trykšta tiems, kurie tiki jo šventumu. Kai ten pateksiu, manau, tiksliai žinosiu, ką daryti, kad pasiekčiau kelią, kuris mane ves per šią kelionę, kurios taip ilgai laukiau. Aš laikausi savo tikėjimo ir savo tikslų, nes turiu Dievą, kuris yra neįmanomo Dievas. Toliau vaikščiokime.

Aš jau nuėjau tris ketvirtadalius kelio, bet vis tiek mane persekioja balsai. Kas aš esu? Kur aš einu? Kodėl jaučiu, kad mano gyvenimas kardinaliai pasikeis po patirties ant kalno? Be balsų, atrodo, kad aš vienas kelyje. Ar gali būti, kad kiti rašytojai tą patį jautė eidami šventais keliais? Manau, kad mano mistika bus nepanaši į jokią kitą. Turiu tęsti; Turiu įveikti ir atlaikyti visas kliūtis. Erškėčiai, kurie sužeidžia mano kūną, yra labai pavojingi žmonėms. Jei išgyvensiu šį pakilimą, jau laikysiu save nugalėtoju.

Žingsnis po žingsnio esu arčiau viršaus. Aš jau esu vos už kelių pėdų nuo jo. Atrodo, kad prakaitas, bėgantis žemyn mano kūnu, yra įsirėžęs į šventus kalno kvapus. Šiek tiek sustoju. Ar mano artimiesiems rūpės? Na, dabar tai tikrai nesvarbu. Dabar turiu pagalvoti apie save, kad patekčiau į kalno viršūnę. Nuo to priklauso mano ateitis. Dar tik keli žingsniai ir aš atvykstu į viršų. Pučia šaltas vėjas, kankinami balsai painioja mano samprotavimus ir aš nesijaučiu gerai. Balsai šaukia:

"Jam pavyko; jis bus apdovanotas! "Ar jis net vertas? " Kaip jam pavyko įkopti į visą kalną? Esu sutrikęs ir apsvaigęs; Nemanau, kad man viskas gerai.

Paukščiai verkia, o saulės spinduliai glosto visą mano veidą. Kur aš esu? Jaučiuosi taip, lyg dieną prieš tai būčiau išgėręs. Bandau atsikelti, bet ranka man trukdo. Be to, matau, kad šalia manęs yra vidutinio amžiaus moteris, su raudonais plaukais ir įdegusia oda.

" Kas tu esi? Kas man nutiko? Skauda visą kūną. Mano protas jaučiasi sutrikęs ir miglotas. Ar buvimas kalno viršūnėje sukelia visa tai? Manau, kad turėjau likti savo namuose. Mano svajonės mane skatino iki šiol. Į kalną lipau lėtai, kupinas vilties dėl geresnės ateities ir tam tikros krypties asmeninio augimo link. Tačiau aš praktiškai negaliu judėti. Paaiškink man visa tai, maldauju tavęs.

"Aš esu kalno sergėtojas. Aš esu Žemės dvasia, kuri pučia iki šiol ir yno. Mane čia pasiuntė, nes jūs laimėjote iššūkį. Ar norite įgyvendinti savo svajones? Aš tau padėsiu tai padaryti, Dievo vaikeli! Jūs vis dar turite daug iššūkių, su kuriais reikia susidurti. Aš tave paruošiu. Nebijokite. Jūsų Dievas yra su jumis. Šiek tiek pailsėkite. Aš grįšiu su maistu ir vandeniu, kad patenkintume jūsų poreikius. Tuo tarpu atsipalaiduokite ir medituokite kaip visada.

Tai pasakiusi, ponia dingo iš mano regėjimo. Šis nerimą keliantis vaizdas paliko mane labiau nuliūdusį ir kupiną abejonių. Kokius iššūkius turėčiau įveikti, kad laimėčiau? Iš kokių žingsnių kilo šie iššūkiai? Kalno viršūnė tikrai buvo labai nuostabi ir rami vieta. Iš aukštai buvo galima pamatyti nedidelę namų aglomeraciją Mimoso mieste. Tai plokščiakalnis, pripildytas stačių takų, iš visų pusių pilnų augmenijos. Ar ši šventa vieta, nepaliesta gamtos, tikrai įgyvendintų mano planus? Ar tai padarytų mane rašytoju man išvykstant? Tik laikas galėjo atsakyti į šiuos klausimus. Kadangi moteris užtruko, pradėjau medituoti kalno viršūnėje. Aš naudojau tokią techniką: Pirma, aš išvaliau savo mintis (be jokių minčių). Pradedu domėtis gamta aplinkui, mintyse mąstydama apie visą vietą. Iš ten pradedu suprasti, kad esu gamtos dalis ir kad esame visiškai tarpusavyje susiję didžiame bendrystės rituale. Mano tyla yra Motinos Gamtos tyla; mano šauksmas taip pat yra jos verksmas; Pamažu pradedu jausti jos norus ir siekius, ir atvirkščiai. Jaučiu jos sielvartingą pagalbos šauksmą, prašantį, kad jos gavybute išgelbėta nuo žmonių naikinimo: miškų naikinimo, per didelės kasybos, medžioklės ir žvejybos, teršalų išmetimo į atmosferą ir kitų žmonių žiaurumų. Taip pat ji manęs klauso ir palaiko visuose mano planuose. Mano meditacijos metu esame visiškai susipynę. Visa harmonija ir bendrininkavimas paliko mane visiškai tylų ir susikoncentravusį į savo norus. Kol kažkas nepasikeitė: jaučiau tą patį prisilietimą, kuris kadaise mane pažadino. Lėtai atmerkiau akis ir pamačiau, kad akis į akį susidūriau su ta pačia moterimi, kuri save vadino šventojo kalno sergėtoja.

"Matau, kad jūs suprantate meditacijos paslaptį. Kalnas padėjo jums atrasti šiek tiek savo potencialo. Jūs augsite įvairiais būdais. Aš jums padėsiu šio proceso metu. Pirmiausia prašau, kad atsigręžtumėte į gamtą ir surastumėte gegnes, skersinius, rekvizitus ir linijas, kad pastatytumėte namelį, tada malkas, kad padarytumėte laužą. Naktis jau artėja, ir jūs turite apsisaugoti nuo žiaurių žvėrių. Nuo rytojaus aš išmokysiu jus miško išminties, kad galėtumėte įveikti tikrąjį iššūkį: Nevilties urvą. Tik tyra širdis išgyvena savo analizės ugnį. Ar norite įgyvendinti savo svajones? Tada sumokėkite už juos kainą. Visata niekam nieko neduoda nemokamai. Būtent mes turime tapti verti, kad pasiektume sėkmę. Tai pamoka, kurią privalai išmokti, mano sūnau.

"Suprantu. Tikiuosi, išmoksiu visko, ko man reikia, kad įveikčiau urvo iššūkį. Neįsivaizduoju, kas tai yra, bet esu įsitikinęs. Jei įveikčiau kalną, man pasisektų ir urve. Kai išeisiu, manau, kad būsiu pasiruošęs laimėti ir sulaukti sėkmės.

"Palaukite, nebūkite tokie pasitikintys savimi. Jūs nežinote urvo, apie kurį aš kalbu. Žinokite, kad daugelis karių jau buvo teisiami dėl jo ugnies ir buvo sunaikinti. Urvas nerodo jokio gailesčio niekam, net svajotojams.

Turėkite kantrybės ir išmokite visko, ko aš jus išmokysiu. Taigi, jūs tapsite tikru nugalėtoju. Atminkite: pasitikėjimas savimi padeda, bet tik su reikiamu kiekiu.

"Suprantu. Ačiū už visus patarimus. Pažadu jums, kad laikysiuosi jo iki galo. Kai mane užklups neviltis dėl abejonių, aš priminsiu sau tavo žodžius ir priminsiu sau, kad mano Dievas visada mane išgelbės. Kai tamsioje sielos naktyje nebus pabėgimo, aš nebijosiu. Aš įveiksiu nevilties urvą, urvą, kurio niekas niekada neišvengė!

Moteris atsisveikino draugiškai žadėdama sugrįžimą kitą dieną.

Namelis

Pasirodo nauja diena. Paukščiai švilpauja ir dainuoja savo melodijas, vėjas yra į šiaurės rytus, o jo vėjas atgaivina saulę, kuri šiuo metų laiku kyla nuožmiai karšta. Šiuo metu tai yra gruodis ir man šis mėnuo yra vienas gražiausių mėnesių, nes tai yra mokyklos atostogų pradžia. Tai pelnyta pertrauka po ilgų metų, skirtų studijoms koledžo matematikos kursuose; Tą akimirką, kai galite pamiršti visus integralus, darinius ir poliarines koordinates. Dabar turiu nerimauti dėl visų iššūkių, kuriuos man išmes gyvenimas. Nuo to priklauso mano svajonės. Man skauda nugarą dėl blogos miego nakties, gulinčios ant sumuštos žemės, kurią paruošiau kaip lovą. Namelis, kurį pastačiau neįtikėtinomis pastangomis, ir ugnis, kurią uždegiau, suteikė man tam tikrą saugumą naktį. Tačiau už jo ribų girdėjau kaukimą ir pėdas. Kur mane nuvedė mano svajonės? Atsakymas yra į pasaulio pabaigą, kur civilizacija dar neatėjo. Ką darytumėte, skaitytojau? Ar taip pat rizikuotumėte kelione, kad išsipildytumėte savo giliausios svajonės? Tęskime pasakojimą.

Įvyniota į savo mintis ir klausimus, mažai ką supratau, kad šalia manęs buvo ta keista ponia, kuri pažadėjo man padėti kelyje.

"Ar gerai išsimiegojote?

"Jei gerai reiškia, kad aš vis dar esu sveikas, taip.

"Prieš nieką turiu jus perspėti, kad žemė, kuria jūs bėgate, yra šventa. Todėl neapsigaukite dėl išvaizdos ar impulsyvumo. Šiandien yra jūsų pirmasis iššūkis. Aš jums daugiau nei maisto, nei vandens neatnešiu. Juos rasite savo paskyroje. Sekite savo širdį visose situacijose. Turite įrodyti, kad esate vertas.

"Šiame šepetyje yra maisto ir vandens, ir aš turėčiau jį surinkti? Žiūrėk, ponia, aš esu įpratusi apsipirkti prekybos centre. Matote šią kajutę? Tai man kainavo prakaitą ir ašaras ir vis tiek nesu įsitikinęs, kad tai saugu. Kodėl nesuteiki man dovanos, kurios man reikia? Manau, kad įrodžiau esąs vertas tos akimirkos, kai įkopiau į tą statų kalną.

"Medžiokite maistą ir vandenį. Kalnas yra tik žingsnis jūsų dvasinio tobulėjimo procese. Jūs vis dar nesate pasiruošę. Turiu jums priminti, kad dovanų neteikiu. Aš neturiu galios to daryti. Be to, aš esu tik ta rodyklė, kuri nurodo kelią. Urvas yra tas, kuris patenkina jūsų norus. Tai vadinama nevilties urvu, kurio ieško tie, kurių svajonės nuo to laiko tapo neįmanomos.

"Pabandysiu. Daugiau neturiu ko prarasti. Urvas yra mano paskutinė sėkmės viltis.

Tai pasakęs, atsikeliu ir pradedu pirmąjį iššūkį. Moteris dingo kaip dūmai.

Pirmasis iššūkis

Iš pirmo žvilgsnio matau, kad priešais mane yra sumuštas kelias. Pradedu juo vaikščioti. Vietoj požemio, pilno erškėčių, geriausia būtų sekti taku. Akmenys, kuriuos nušluoja mano žingsniai, atrodo, man kažką sako. Ar gali būti, kad einu teisingu keliu? Galvoju apie viską, ką palikau ieškodama savo svajonės: namus, maistą, švarius drabužius ir matematikos knygas. Ar tai verta? Manau, kad sužinosiu. (Laikas parodys). Atrodo, kad keista moteris man ne viską papasakojo. Kuo daugiau vaikščiojau, tuo mažiau radau. Dabar, kai atvykau, viršus neatrodė toks platus. Šviesa... Matau, kad laukia šviesa. Man reikia ten eiti. Be to, atvykstu į erdvų tarpeklį, kuriame saulės spinduliai aiškiai atspindi kalno išvaizdą. Takas baigiasi ir atgimsta į du skirtingus kelius. Ką man daryti? Vaikščiojau valandų valandas, o mano jėgos, atrodo, buvo išsekusios. Akimirką atsisėdu pailsėti. Du keliai ir du pasirinkimai. Kiek kartų gyvenime susiduriame su tokiomis situacijomis kaip ši; Verslininkas, kuris turi pasirinkti tarp

įmonės išlikimo ar kai kurių darbuotojų atleidimo; Vargšė šiaurės ryt-
inės Brazilijos dalies apylinkių motina, kuri turi pasirinkti, kurį iš savo
vaikų maitinti; Neištikimas vyras, kuris turi rinktis tarp savo žmonos ir
meilužės; Šiaip ar taip, gyvenime yra daug situacijų. Mano pranašumas yra
tas, kad mano pasirinkimas paveiks tik mane. Turiu sekti savo intuiciją,
kaip rekomendavo moteris.

Atsikeliu ir pasirenku kelią dešinėje. Be to, šiame kelyje darau didelius
žingsnius ir neilgai trukus žvilgteliu į dar vieną kliringą. Šį kartą susiduriu
su vandens baseinu ir kai kuriais gyvūnais aplink jį. Jie atvėsina save
skaidriame ir skaidriame vandenyje. Kaip turėčiau elgtis toliau? Pagaliau
radau vandens, bet jis pilnas gyvūnų. Aš tariuosi su savo širdimi ir ji man
sako, kad kiekvienas turi teisę į vandenį. Be to, negalėjau jų tiesiog nušauti
ir atimti iš jų. Gamta suteikia gausybę išteklių savo žmonių išlikimui. Aš
esu tik viena iš žiniatinklio sruogų, kurią jis pynė. Nesu pranašesnis už tai,
kad laikau save Jos Mokytoju. Rankomis pasiekiu vandenį ir supilu jį į ne-
didelį puodą, kurį atsinešiau iš namų. Pirmoji iššūkio dalis yra įvykdyta.
Dabar turiu rasti maisto.

Vis einu, taku, tikėdamasis rasti ką valgyti. Mano skrandis urzgia,
nes jau praėjo vidurdienis. Pradedu žiūrėti į tako šonus. Galbūt maistas
yra miško viduje. Kaip dažnai mes einame lengviausiu keliu, bet ne tas,
kuris veda į sėkmę? (Ne kiekvienas alpinistas, einantis taku, yra pirmasis,
pasiekęs kalno viršūnę). Spartieji klavišai greitai nukreipia jus į tikslą. Su
šia mintimi palieku taką ir netrukus po to, kai randu bananą ir kokoso
medį. Būtent iš jų aš gausiu savo maistą. Turiu lipti į juos su ta pačia jėga
ir tikėjimu, į kurį įkopiau į kalną. Bandau vieną, du, tris kartus. Be to,
man pavyksta. Dabar grįšiu į trobą, nes įveikiau pirmąjį iššūkį.

Antrasis iššūkis

Atvykęs į savo trobą, randu kalno sergėtoją, kuris atrodo kaip niekad
puikus. Jos akys niekada nenukrypsta nuo mano pačios. Manau, kad
esu išskirtinis Dievui. Visada jaučiu jo buvimą. Jis mane visaip prikelia.
Kai buvau bedarbis, Jis atidarė duris; kai neturėjau jokių galimybių augti

profesionaliai, Jis davė man naujus kelius; kai krizės metu Jis išlaisvino mane iš Šėtono ryšių. Šiaip ar taip, tas keistos moters pritarimo žvilgsnis man priminė vyrą, kurį buvau iki šiol. Mano dabartinis tikslas buvo laimėti, nepaisant kliūčių, kurias turėjau įveikti.

"Taigi, jūs laimėjote pirmąjį iššūkį. Sveikinu jus. (Sušuko moteris). Pirmasis iššūkis buvo skirtas ištirti savo išmintį ir gebėjimą priimti sprendimus bei dalintis. Šie du keliai simbolizuoja "priešingas jėgas", valdančias visatą (gėrį ir blogį). Žmogus yra visiškai laisvas pasirinkti bet kurį kelią. Jei žmogus pasirinks kelią dešinėje, jis bus apšviestas angelų dėka visomis savo gyvenimo akimirkomis. Tai buvo kelias, kurį pasirinkote. Tačiau tai nėra lengvas kelias. Dažnai abejonės jus užpuls, ir jums bus įdomu, ar šis kelias buvo to vertas. Pasaulio žmonės visada bus įskaudinti ir pasinaudos jūsų gera valia. Be to, pasitikėjimas, kurį įdedate į kitus, beveik visada jus nuvils. Kai nusiminsite, atminkite: Jūsų Dievas yra stiprus, ir jis niekada jūsų neapleis. Niekada neleiskite, kad turtai ar geismas iškreiptų jūsų širdį. Tu esi ypatingas ir dėl savo vertės Dievas laiko tave, savo sūnumi. Niekada nenukriskite nuo šios malonės. Kelias kairėje priklauso visiems, kurie sukilo viešpaties kvietimu. Visi mes gimstame turėdami dievišką misiją. Tačiau kai kurie nuo jo nukrypsta materializmu, blogomis įtakomis, širdies korupcija. Tie, kurie pasirenka kelią kairėje, nesibaigia malonia ateitimi, mokė Jėzus. Kiekvienas medis, kuris neduoda gerų vaisių, bus išrautas ir išmestas į išorinę tamsą. Tai blogų žmonių likimas, nes Viešpats yra teisingas. Tą kartą, kai radote vandens skylę ir tuos apgailėtinus gyvūnus, jūsų širdis kalbėjo garsiau. Klausykitės jo visada ir eisite toli. Dalijimosi dovana spindėjo ant jūsų tą akimirką ir jūsų dvasinis augimas nustebino. Išmintis, kad padėjote rasti maisto. Lengviausias kelias ne visada yra tinkamas eiti. Manau, kad dabar esate pasiruošę antrajam iššūkiui. Po trijų dienų išeisite iš savo trobos ir ieškosite fakto. Elkitės pagal savo sąžinę. Jei praeisite, pereisite prie trečiojo ir paskutinio iššūkio.

"Ačiū, kad visą šį laiką mane lydėjote. Nežinau, kas manęs laukia oloje, taip pat nežinau, kas man nutiks. Jūsų indėlis man labai svarbus. Nuo tada, kai įkopiau į kalną, jaučiu, kad mano gyvenimas pasikeitė. Esu ramesnė ir labiau pasitikinti tuo, ko noriu. Antrąjį iššūkį įveiksiu.

"Labai gerai. Pasimatysiu po trijų dienų.

Tai pasakiusi, ponia dar kartą dingo. Ji paliko mane vieną vakaro tyloje kartu su svirpliais, uodais ir kitais vabzdžiais.

Kalno vaiduoklis

Naktis krinta virš kalno. Uždegu ugnį ir jos traškesys ramina mano širdį. Praėjo dvi dienos nuo tada, kai įkopiau į kalną, ir man vis dar atrodo, kad toks svetimas. Mano mintys klaidžioja ir leidžiasi į mano vaikystę: Anekdotai, baimės, tragedijos. Gerai prisimenu tą dieną, kai apsirengiau kaip indėnas: su lanku, strėle . Dabar aš buvau ant švento kalno, būtent dėl paslaptingo vietinio žmogaus (genties medicinos žmogaus) mirties. Turiu galvoti apie ką nors kita, nes baimė užšaldo mano sielą. Kurtinantys triukšmai supa mano trobą, ir aš neįsivaizduoju, nei kas jie tokie. Kaip žmogus įveikia savo baimę tokia proga kaip ši? Atsakyk man, skaitytojau, nes nežinau. Kalnas man vis dar nežinomas.

Triukšmas vis labiau artėja, ir aš neturiu kur bėgti. Palikti trobą būtų kvaila, nes mane galėtų praryti žiaurūs žvėrys. Turėsiu susidurti su tuo, kas tai yra. Triukšmas nutrūksta ir atsiranda šviesa. Tai mane dar labiau gąsdina. Su drąsos pliūpsniu sušukau:

"Dievui, kas ten yra?

Balsas, atsako:

"Aš esu drąsus karys, kurį sunaikino nevilties urvas. Atsisakykite savo svajonės, kitaip turėsite tą patį likimą. Buvau mažas, vietinis žmogus iš kaimelio Xukuru tautoje. Aš siekiau būti savo genties vadovu ir būti stipresnis už liūtą. Taigi, pažvelgiau į šventąjį kalną, kad įgyvendinčiau savo tikslus. Laimėjau tris iššūkius, kuriuos man metė kalno sergėtojas. Tačiau įėjus į urvą mane prarijo jo ugnis, kuri sudaužė mano širdį ir mano tikslus. Šiandien mano dvasia kenčia ir beviltiškai įstrigo prie šio kalno. Klausykite manęs, kitaip turėsite tą patį likimą.

Mano balsas sustingo gerklėje ir akimirką negalėjau reaguoti į kankinamą dvasią. Jis buvo palikęs pastogę, maistą, šiltą šeimos aplinką. Urve man liko du iššūkiai , urvas, kuris galėjo padaryti neįmanomą išsipildymą. Aš lengvai nepasiduočiau savo svajonei.

" Klausyk manęs, drąsus karys. Urvas nedaro smulkių stebuklų. Jei aš esu čia, tai dėl kilnios priežasties. Aš neįsivaizduoju materialinių gėrybių. Mano svajonė peržengia tai. Norėčiau tobulėti profesionaliai ir dvasiškai. Trumpai tariant, noriu dirbti darydamas tai, kas man patinka, atsakingai užsidirbti pinigų ir savo talentu prisidėti prie geresnės visatos. Aš taip lengvai neatsisakau savo svajonės.

Vaiduoklis atsakė:

"Žinote urvą ir jo spąstus? Jūs esate ne kas kita, kaip vargšas jaunuolis, kuris nežino apie didžiulį pavojų kelyje, kuriuo jis eina. Globėjas yra šarlatanas, kuris jus apgaudinėja. Ji nori tave sužlugdyti.

Vaiduoklio primygtinis reikalavimas mane erzino. Ar jis mane pažinojo atsitiktinai? Dievas, savo gailestingumu, neleistų mano nesėkmei. Dievas ir Mergelė Marija visada buvo šalia manęs. To įrodymas buvo įvairūs Mergelės apsireiškimai per visą mano gyvenimą. "Mediumo vizijoje" (knygoje, kurios dar neišleidau) aprašoma scena, kurioje sėdžiu ant suoliuko aikštėje, mane jaudina paukščiai ir vėjas, ir aš giliai susimąstau apie pasaulį ir gyvenimą apskritai. Staiga pasirodė moters figūra, kuri, pamačiusi mane, pasiteiravo:

"Ar tu tiki Dievą, mano sūnų?

Aš greitai atsakiau:

"Be abejo, ir su visa mano esybe.

Akimirksniu ji uždėjo ranką man ant galvos ir meldėsi:

"Tegul šlovės Dievas apgaubia jus šviesoje ir suteikia jums daug dovanų.

Tai pasakiusi, ji išėjo, o kai aš tai supratau, ji nebebuvo šalia manęs. Ji tiesiog dingo.

Tai buvo pirmasis Mergelės apsireiškimas mano gyvenime. Vėlgi, apsimesdama elgeta, ji priėjo prie manęs ir paprašė kažkokių pokyčių. Ji sakė, kad yra ūkininkė ir dar nebuvo pensininkė. Lengvai daviau jai keletą monetų, kurias turėjau kišenėje. Gavusi pinigus, ji man padėkojo, o kai tai supratau, ji dingo. Ant kalno tą akimirką neturėjau nė menkiausios abejonės, kad Dievas mane myli ir kad jis yra šalia manęs. Todėl į vaiduoklį atsakiau su tam tikru grubumu.

"Aš neklausysiu jūsų patarimų. Žinau savo ribas ir tikėjimą. Eik šalin! Eik persekioti namo ar kažko. Palik mane ramybėje!

Užgeso šviesos, ir aš išgirdau žingsnių, išeinančių iš trobos, triukšmą. Buvau laisvas nuo vaiduoklio.

Lemiama diena

Nuo antrojo iššūkio praėjo trys dienos. Tai buvo penktadienio rytas, giedras, saulėtas ir šviesus. Šįryt mąsčiau apie horizontą, kai priėjo keista moteris.

"Ar tu pasiruošęs? Ieškokite neįprasto įvykio miške ir elkitės pagal savo principus. Tai jau antras jūsų testas.

"Gerai, tris dienas laukiau šios akimirkos. Manau, kad esu pasiruošęs.

Paskubomis einu į artimiausią taką, kuris leidžia patekti į mišką. Mano žingsniai sekė beveik muzikine eiga. Koks buvo šis antrasis iššūkis? Nerimas mane užvaldė, ir mano žingsniai pagreitėjo ieškant nežinomo tikslo. Tiesiai priekyje atsirado tako tarpas, kur jis išsiskyrė ir atsiskyrė. Bet kai ten patekau, mano nuostabai, du keliai nebeliko, ir aš vietoj to žiūrėjau šią sceną: berniukas, kurį tempė suaugęs žmogus, garsiai verkdamas. Emocijos kontroliavo mane neteisybės akivaizdoje, todėl sušukau:

“Paleisk berniuką! Jis yra mažesnis už jus ir negali jo apginti.

"Aš to nedarysiu! Aš su juo taip elgiuosi, nes jis nori išvengti darbo.

"Tu monstras! Maži berniukai neturėtų dirbti. Jie turėtų mokytis ir būti gerai išsilavinę. Paleisk jį!

" Kas mane padarys, tu?

Esu visiškai nusiteikęs prieš smurtą, bet šią akimirką mano širdis paprašė reaguoti prieš šį šiukšlių gabalą. Vaikas turėtų būti paleistas.

Švelniai nustūmiau berniuką nuo brutalaus ir tada pradėjau mušti vyrą. Bastardas sureagavo ir sudavė man kelis smūgius. Vienas iš jų pataikė man į tašką tuščiai. Pasaulis sukosi ir stiprus, skvarbus vėjas įsiveržė į visą mano esybę: į mano protą įsiveržė balti ir mėlyni debesys kartu su greitais paukščiais. Po akimirkos atrodė, kad visas mano kūnas plūduriuoja per dangų. Silpnas balsas man paskambino iš tolo. Kitą akimirką tarsi einu pro duris, viena po kitos kaip kliūtis. Durys buvo gerai užrakintos, ir joms atidaryti prireikė nemažai pastangų. Į kiekvienas duris pakaitomis buvo galima patekti į poilsio kambarius arba šventoves. Pirmajame poilsio kambaryje radau baltai apsirengusius jaunuolius, susirinkusius aplink stalą, ant kurio centre buvo atvira Biblija. Tai buvo mergelės, pasirinktos valdyti ateities pasaulyje. Jėga išstūmė mane iš kambario ir, kai atidariau antrąsias duris, atsidūriau pirmoje šventovėje. Altoriaus pakraštyje buvo deginamos smilkalų lazdelės su Brazilijos vargšų prašymais. Dešinėje pusėje kunigas garsiai meldėsi ir staiga ėmė kartoti: Regėtojas! Pranašas! Pranašas! Šalia jo buvo dvi moterys su baltais marškiniais. Ant jų buvo parašyta: Galimas sapnas. Viskas pradėjo tamsėti, o kai gavau savo guolius, buvau smarkiai ištemptas ir tokiu greičiu, kad man šiek tiek svaigo galva. Atidariau trečiąsias duris ir šį kartą radau žmonių susitikimą: pastorius, kunigas, budistas, musulmonas, dvasininkas, žydas ir Afrikos religijų atstovas. Jie buvo išdėstyti ratu, o centre buvo gaisras, o jo liepsnos brėžė pavadinimą: "Tautų sąjunga ir keliai į Dievą". Galų gale jie apsikabino ir pakvietė mane į grupę. Ugnis pajudėjo iš centro, nusileido ant mano rankos ir nupiešė žodį "pameistrystė". Ugnis buvo gryna šviesa ir nedegė. Grupė iširo, ugnis užgeso, ir vėl buvau išstumtas iš kambario, kuriame atidariau ketvirtąsias duris. Antroji šventovė buvo tuščia, ir aš priėjau prie altoriaus. Atsiklaupiau pagarbiai Švenčiausiajam Sakramentui, pasiėmiau ant grindų padėtą popierių ir parašiau savo prašymą. Aš sulanksčiau popierių ir padėjau jį prie vaizdo kojų. Balsas, kuris buvo toli, pamažu darėsi vis aiškesnis ir aštresnis. Išėjau iš šventovės, atidariau duris ir pagaliau pabudau. Mano pusėje buvo kalno sergėtojas.

"Taigi, tu pabudai. Sveikinu! Jūs laimėjote iššūkį. Antrasis iššūkis buvo skirtas ištirti savo gebėjimą savimi ir veikti. Du keliai, atstovaujantys "priešingoms jėgoms", tapo vienu, o tai reiškia, kad turite keliauti dešine puse, nepamiršdami žinių, kurias turėsite susitikę su kairiąja. Jūsų požiūris išgelbėjo vaiką, nors jam to nereikėjo. Visa ta scena buvo mano paties mentalinė projekcija, kad tave įvertinčiau. Jūs pasirinkote teisingą požiūrį. Dauguma žmonių, susidūrę su neteisybės scenomis, nenori kištis. Neveikimas yra rimta nuodėmė, ir žmogus tampa nusikaltėlio bendrininku. Jūs atidavėte save, kaip Jėzus Kristus padarė dėl mūsų. Tai pamoka, kurią pasiimsite su savimi visą savo gyvenimą.

"Ačiū, kad mane pasveikinote. Aš visada elgčiausi tų, kurie buvo at-
stumti, naudai. Mane glumina dvasinis patyrimas, kurį turėjau anksčiau.
Ką tai reiškia? Gal galėtumėte man paaiškinti, prašau?

"Mes visi turime galimybę per mintį įsiskverbti į kitus pasaulius.
Tai vadinama astraline kelione. Yra keletas ekspertų, susijusių su šiuo
klausimu. Tai, ką matėte, turi būti susiję su jūsų ar kito žmogaus ateitimi,
niekada nežinote.

"Suprantu. Užkopiau į kalną, įveikiau pirmuosius du iššūkius ir turiu
augti dvasiškai. Manau, kad netrukus būsiu pasiruošęs susidurti su nevil-
ties urvu. Urvas, kuris daro stebuklus ir daro svajones gilesnes.

"Jūs turite atlikti trečią, o aš jums pasakysiu, kas tai yra rytoj. Palaukite
instrukcijų.

"Taip, generolas. Nekantriai lauksiu. Šis Dievo Vaikas, kaip jūs mane
vadinote, yra fainas ir paruoš sriubą vėlesniam laikui. Tu esi pakviestas,
ponia.

"Nuostabu. Mėgstu sriubą. Aš tai panaudosiu savo naudai, kad geriau
pažinčiau jus.

Keista ponia išėjo ir paliko mane vieną su savo mintimis. Nuėjau
ieškoti į mišką sriubos ingredientų.

Jauna mergina

Kalnas jau buvo sutemęs, kai sriuba buvo paruošta. Šaltas nakties vėjas
ir vabzdžių triukšmas daro aplinką vis labiau kaimišką. Keista ponia dar
neatėjo į trobą. Tikiuosi, kad iki jos atvykimo viskas susitvarkys. Paragauju
sriubos: Tai tikrai buvo gerai, nors neturėjau visų reikalingų pagardų. Be
to, šiek tiek išeinu už trobos ribų ir apmąstau dangų: Žvaigždės yra mano
pastangų liudininkai. Pakilau į kalną, radau jo globėją, įveikiau du iššūk-
ius (vieną sunkesnį už kitą), sutikau vaiduoklį ir vis dar stoviu. "Vargšai
labiau siekia savo svajonių." Žiūriu į žvaigždžių aranžuotę ir jų šviesumą.
Kiekvienas iš jų turi savo svarbą didžiojoje visatoje, kurioje gyvename.
Žmonės taip pat yra svarbūs. Jie yra baltieji, juodaodžiai, turtingi, vargšai,
religijos A, religijos B ar bet kokios tikėjimo sistemos. Jie visi yra vaikai
su tuo pačiu tėvu. Aš taip pat noriu užimti savo vietą šioje visatoje. Esu

mąstanti būtybė be ribų. Be to, manau, kad svajonė yra neįkainojama, bet esu pasirengęs už ją sumokėti, kad įeičiau į nevilties urvą. Dar kartą apmąstau dangų ir grįžtu į trobą. Nenustebau ten radęs globėją.

"Ar jau seniai čia buvote? Nesupratau.

"Jūs taip susikoncentravote į dangaus apmąstymą, kad nenorėjau nutraukti akimirkos burtų. Be to, jaučiuosi kaip namie.

"Puiku. Atsisėskite ant šio improvizuoto suoliuko, kurį padariau. Sriubą patieksiu.

Sriubai dar karštai, keistą panelę patiekdavau moliūge, kurį radau miške. Naktį plakantis vėjas glamonėjo mano veidą ir šnabždėjo žodžius į ausį. Kas buvo ta keista ponia, kuriai aš tarnavau? Įdomu, ar ji tikrai norėjo mane sunaikinti, kaip užsiminė vaiduoklis. Turėjau daug abejonių dėl jos, ir tai buvo puiki proga jas išvalyti.

"Ar sriuba gera? Aš jį paruošiau labai atsargiai.

"Tai nuostabu! Ką panaudojote jam paruošti?

"Jis pagamintas iš akmenų. Juokauju! Aš nusipirkau paukštį iš medžiotojo ir naudojau keletą natūralių prieskonių iš miško. Bet, keisdamas temą, kas tu iš tikrųjų esi?

"Tai rodo gerą svetingumą šeimininkui pirmiausia kalbėti apie save. Praėjo keturios dienos nuo tada, kai atvykote čia, kalno viršūnėje, ir aš net nesu tikras, koks jūsų vardas.

"Labai gerai. Bet tai ilga istorija. Pasiruoškite. Mano vardas Aldivan Teixeira Tôrres ir aš dėsto koledžo lygio matematiką. Mano dvi didžiosios aistros yra literatūra ir matematika. Visada buvau knygų mylėtoja ir nuo tada, kai buvau minimali, norėjau parašyti vieną iš savo. Kai buvau pirmaisiais vidurinės mokyklos metais, surinkau keletą ištraukų iš Ekleziasto knygų, išminties ir patarlių. Buvau patenkintas, nepaisant to, kad tekstai nebuvo mano. Visiems parodžiau su dideliu pasididžiavimu. Be to, baigiau vidurinę mokyklą, išklausiau kompiuterių kursą ir kuriam laikui nustojau mokytis. Po to išbandžiau techninį kursą vietinėje kolegijoje. Tačiau supratau, kad tai ne mano laukas pagal likimo ženklą. Buvau pasiruošęs stažuotei šioje srityje. Tačiau dieną prieš bandymą keista jėga reikalavo, kad aš nuolat pasiduočiau. Kuo daugiau laiko praėjo, tuo didesnį spaudimą jaučiau iš šios jėgos, kol nusprendžiau nelaikyti testo.

Spaudimas atslūgo, o mano širdis taip pat buvo nuraminta. Manau, kad būtent likimas privertė mane neiti. Turime gerbti savo ribas. Padariau keletą konkursų, buvau patvirtintas ir šiuo metu einu švietimo adminis-tratoriaus padėjėjo pareigas. Prieš trejus metus gavau dar vieną likimo žen-klą. Turėjau tam tikrų problemų ir galiausiai patyriau nervų sutrikimą. Tada pradėjau rašyti ir per trumpą laiką tai padėjo man tobulėti. Rezul-tatas "knyga "Mediumo vizija", kurios dar neišleidau. Visa tai man parodė, kad galiu rašyti ir turėti orią profesiją. Štai ką aš galvoju: noriu dirbti darydamas tai, kas man patinka, ir noriu būti laimingas. Ar tai per daug, kad vargšas žmogus galėtų paklausti?

"Žinoma, ne, Aldivan. Jūs turite talentą, ir tai retai pasitaiko šiame pasaulyje. Tinkamu laiku jums pasiseks. Pergalingi yra tie, kurie tiki savo svajonėmis.

"Aš tikiu. Štai kodėl aš esu čia, vidury niekur, kur civilizacijos prekės dar neatkeliavo. Radau būdą, kaip užkopti į kalną, įveikti iššūkius. Viskas, kas dabar liko, yra tai, kad aš įeičiau į urvą ir įgyvendinčiau savo svajones.

"Aš esu čia, kad jums padėčiau. Aš buvau kalno sergėtojas nuo tada, kai jis tapo šventas. Mano misija yra padėti visiems svajotojams, ieškantiems nevilties urvo. Kai kurie siekia įgyvendinti materialias svajones, tokias kaip pinigai, galia, socialinė sensacija ar kitos savanaudiškos svajonės. Visi iki šiol žlugo, o jų nebuvo nedaug. Urvas yra teisingas su norų patenkinimu.

Pokalbis kurį laiką gyvai tęsėsi. Pamažu praradau susidomėjimą juo, nes iš trobos mane pašaukė keistas balsas. Kiekvieną kartą, kai man paskambindavo šis balsas, jausdavausi priverstas išeiti iš smalsumo. Turė-jau eiti. Norėjau sužinoti, ką reiškia tas keistas balsas mano mintyse. Švelniai atsisveikinau su moterimi ir išsiruošiau balso nurodyta kryptimi. Kas manęs laukia? Tęskime kartu, skaitytojau.

Naktis buvo šalta, ir atkaklus balsas liko mano galvoje. Tarp mūsų buvo kažkoks keistas ryšys. Aš jau buvau nuėjęs keletą pėdų už tro-bos, bet atrodė, kad tai mylios dėl nuovargio, kurį jaučia mano kūnas. Nurodymai, kuriuos psichiškai gavau, vedė mane į tamsą. Mane kon-troliavo nuovargio, nežinomybės baimės ir smalsumo mišinys. Kieno tai buvo keistas balsas? Ko ji norėjo su manimi? Kalnas ir jo paslaptys... Nuo tada, kai susipažinau su kalnu, išmokau jį gerbti. Globėja ir jos paslaptys, iššūkiai, su kuriais teko susidurti, susidūrimas su vaiduokliu; visa tai tapo ypatinga. Jis nebuvo aukščiausias šiaurės rytuose ar net įspūdingiausias, bet jis buvo šventas. Mitai apie medicininį žmogų ir mano svajonės mane atvedė prie jo. Noriu laimėti visus iššūkius, įeiti į urvą ir pateikti savo prašymą. Būsiu pasikeitęs žmogus. Be to, aš nebebūsiu tik aš, bet būsiu tas žmogus, kuris įveikė urvą ir jo ugnį. Gerai prisimenu globėjo žodžius, per daug nepasitikėti. Prisimenu Jėzaus žodžius, kurie sakė:

" Tas, kuris mane įtikėjo, turės amžinąjį gyvenimą.

Su tuo susijusi rizika neprivers manęs atsisakyti savo svajonių. Būtent su šia mintimi esu vis ištikimesnis. Balsas tampa stipresnis ir stipresnis. Manau, kad atvykstu į savo kelionės tikslą. Tiesiai priekyje matau trobą. Balsas liepia man ten eiti.

Namelis ir jo šviečiantis laužas yra erdvioje, lygioje vietoje. Jauna, aukšta, plona mergina tamsiais plaukais ant ugnies kepa tam tikrą užkandį.

"Taigi, jūs atvažiavote. Žinojau, kad atsiliepsite į mano skambutį.

" Kas tu esi? Ko tu nori iš manęs?

"Esu dar vienas svajotojas, norintis įeiti į urvą.

"Kokias ypatingas galias turite, kad iškviestumėte man savo protą?

"Tai telepatija, kvaila. Ar nesate su tuo susipažinę?

"Esu apie tai girdėjęs. Ar galėtum mane išmokyti?

"Vieną dieną išmoksite, bet ne iš manęs. Pasakyk man, kokia svajonė tave čia atveda?

"Prieš visus mano vardas yra Aldivan. Užkopiau į kalną tikėdamasis rasti savo priešingas jėgas. Jie tikrai apibrėš mano likimą. Kai kas nors gali kontroliuoti savo priešingas jėgas, jis galės daryti stebuklus. Štai ko man reikia, kad įgyvendinčiau savo svajonę dirbti srityje, kuri man patinka, ir su tuo aš priversiu daugelį sielų svajoti. Noriu eiti į urvą ne tik dėl savęs, bet ir dėl visos visatos, kuri man suteikė šias dovanas. Aš turėsiu savo vietą pasaulyje ir taip būsiu laimingas.

"Mano vardas Nadja. Esu Pernambuco valstijos pakrantės gyventojas. Savo krašte girdėjau kalbas apie šį stebuklingą kalną ir jo urvą. Iš karto man buvo įdomu čia leistis į kelionę, nors maniau, kad viskas tėra legenda. Susirinkau savo daiktus, išėjau, atvykau į Mimoso ir pakilau į kalną.

Pataikiau į pagrindinį prizą. Dabar, kai esu čia, eisiu į urvą ir išpildysiu savo norą. Būsiu didi Deivė, puošta galia ir turtais. Visi man tarnaus. Jūsų svajonė yra tiesiog kvaila. Kam šiek tiek prašyti, jei galime turėti pasaulį?

"Jūs klystate. Urvas nedaro smulkių stebuklų. Jums nepavyks. Globėjas neleis jums įeiti. Norėdami patekti į urvą, turite laimėti tris iššūkius. Jau esu užkariavęs du etapus. Kiek laimėjote?

"Kaip kvaila, iššūkiai ir globėjai. Urvas gerbia tik stipriausius ir labiausiai pasitikinčius savimi. Aš rytoj pasieksiu savo norus ir niekas manęs nesustabdys, girdite?

"Jūs žinote geriausiai. Kai gailėsitės, bus per vėlu? Na, manau, kad eisiu. Man reikia šiek tiek poilsio, nes jau vėlu. Kalbant apie jus, aš negaliu palinkėti jums sėkmės oloje, nes norite būti didesnis už patį Dievą. Kai žmonės pasiekia šį tašką, jie sunaikina save.

"Nesąmonė, jūs visi esate žodžiai. Niekas neprivers manęs grįžti prie savo sprendimo.

Pamatęs, kad ji atkakli, pasidaviau, gailėdamasis jos. Kaip žmonės gali tapti tokie smulkūs kaskart? Žmogus yra vertas tik tada, kai jis kovoja už teisius ir egalitarinius idealus. Eidamas taku prisiminiau laikus, kai buvau skriaudžiamas, nesvarbu, ar tai buvo blogai pažymėtas tyrimas, ar net kitų nepriežiūra. Tai daro mane nelaimingą. Be to, mano šeima visiškai prieštarauja mano svajonei ir netiki manimi. Skauda. Vieną dieną jie pamatys protą ir pamatys, kad sapnai gali būti įmanomi. Tą dieną aš dainuosiu savo pergalę ir šlovinsiu Kūrėją. Jis man atidavė viską ir tik pareikalavo, kad pasidalinčiau savo dovanomis, nes, kaip sako Biblija, neuždekite lempos ir padėkite ją po stalu. Verčiau padėkite jį ant viršaus, kad visi plojimais ir būtų apšviesti. Takas nutrūksta, ir iškart pamatau trobelę, kuri man kainavo tiek daug prakaito. Man reikia eiti miegoti, nes rytoj yra kita diena ir aš turiu planų sau ir pasauliui. Labanakt, skaitytojai. Iki kito skyriaus...

Drebulys

Prasideda nauja diena. Pasirodo šviesa, ryto vėjelis glosto mano plaukus, paukščiai ir vabzdžiai šventė, o augmenija, atrodo, atgimsta. Tai vyksta kiekvieną dieną. Patrinu akis, nusiprausiu veidą, išsivalau dantis ir išsimaudau. Tai mano rutina prieš pusryčius. Miškas nesuteikia nei privalumų, nei galimybių. Nesu prie to pripratęs. Mama mane išlepino tiek, kad patiekdavo man kavą. Pusryčius valgau tylėdama, bet kažkas slegia mano protą. Koks bus trečias ir paskutinis iššūkis? Kas man nutiks oloje? Yra tiek daug klausimų be atsakymų, tai mane svaigina. Rytas progresuoja, o kartu su juo ir mano širdies plakimas, baimės ir šaltėtis. Kas aš buvau dabar? Tikrai ne tas pats. Užlipau į šventą kalną ieškodamas likimo, apie kurį net nežinojau. Susiradau globėją ir atradau naujas vertybes bei didesnį pasaulį, nei kada nors įsivaizdavau, egzistuojantį anksčiau. Be to, laimėjau du iššūkius ir dabar teko susidurti tik su trečiuoju. Šiurpą keliantis trečias iššūkis, kuris buvo tolimas ir nežinomas. Lapai aplink trobą juda vis tiek šiek tiek. Išmokau suprasti gamtą ir jos signalus. Kažkas artėja.

"Sveiki! Ar esi čia?

Pašokau, pakeičiau žvilgsnio kryptį ir apmąsčiau paslaptingą globėjo figūrą. Ji atrodo laimingesnė ir net rožinė, nepaisant akivaizdaus amžiaus.

"Aš esu čia, kaip matote. Kokias naujienas man atnešėte?

"Kaip žinote, šiandien ateinu pranešti apie jūsų trečiąjį ir paskutinį iššūkį. Jis vyks jūsų septintą dieną čia, ant kalno, nes tai yra maksimalus laikas, per kurį mirtingasis gali likti čia. Tai paprasta ir susideda iš šių dalykų: Nužudykite pirmąjį vyrą ar žvėrį, su kuriuo susiduriate išeidami iš savo namelio tą pačią dieną. Priešingu atveju jūs neturėsite teisės patekti į urvą, kuris suteikia jums jūsų giliausius norus. Ką jūs sakote? Argi ne taip lengva?

"Kaip taip? Nužudyti? Ar aš atrodau kaip žudikas?

"Tai vienintelis būdas įeiti į urvą. Pasiruoškite, nes yra tik dvi dienos ir...

3,7 balo žemės drebėjimas pagal Richterio skalę supurto visą kalno viršūnę. Drebulys man svaigina galvą, ir aš manau, kad aš nualpsiu. Į galvą ateina vis daugiau minčių. Jaučiu, kaip senka mano jėgos, ir jaučiu antrankius, kurie tvirtai pritvirtina mano rankas ir kojas. Greitai matau save kaip vergą, dirbantį laukuose, kuriuose dominuoja šeimininkai. Matau pančius, kraują ir girdžiu savo bendražygių šauksmus. Matau pulkininkų turtingumą, išdidumą ir išdavystę. Be to, taip pat matau engiamųjų laisvės ir teisingumo šauksmą. O, kaip pasaulis nesąžiningas! Kol vieni laimi, kiti paliekami pūti, pamiršti. Antrankiai lūžta. Esu iš dalies laisvas. Aš vis dar esu diskriminuojamas, nekenčiamas ir skriaudžiamas. Be to, aš vis dar matau baltųjų vyrų, kurie mane vadina " juodas ", blogį. Vis dar jaučiuosi nepilnavertė. Vėl girdžiu klyksmo šauksmus, bet dabar balsas aiškus, aštrus ir žinomas. Drebulys dingsta ir po truputį atgaunu sąmonę. Kažkas mane pakelia. Vis dar šiek tiek nejaukiai sušukau:

"Kas nutiko?

Globėjas, ašarodamas, atrodo, neranda atsakymo.

"Mano sūnau, urvas ką tik sunaikino kitą sielą. Prašau laimėti trečiąjį iššūkį ir nugalėti šį prakeiksmą. Visata sąmokslauja dėl jūsų pergalės.

"Nežinau, kaip laimėti. Tik kūrėjo šviesa gali apšviesti mano mintis ir veiksmus. Garantuoju, kad nesiruošiu lengvai atsisakyti savo svajonių.

"Aš pasitikiu tavimi ir išsilavinimu, kurį gavai. Sėkmės, Dievo Vaikeli! Iki pasimatymo!

Tai pasakiusi, keista ponia išėjo ir buvo ištirpusi dūmų dūmuose. Dabar buvau vienas ir man reikėjo ruoštis paskutiniam iššūkiui.

Viena diena prieš paskutinį iššūkį

Praėjo šešios dienos nuo tada, kai pakilau į kalną. Visas šis iššūkių ir patirčių laikas privertė mane daug augti. Lengviau suprantu gamtą, save ir kitus. Gamta žygiuoja į savo ritmą ir priešinasi žmonių pretenzijoms. Miškus atsaldiname miškus, teršiame vandenis ir į atmosferą išleidžiame dujas. Ką mes iš to gauname? Kas iš tiesų svarbu mums, pinigams ar išlikimui? Pasekmės yra: visuotinis atšilimas, floros ir faunos mažinimas, stichinės nelaimės. Ar žmogus nemato, kad visa tai yra jo kaltė? Dar yra laiko. Yra laiko gyvenimui. Padarykite savo dalį: taupykite vandenį ir energiją, perdirbkite atliekas, neterškite aplinkos. Reikalaukite, kad jūsų vyriausybė įsipareigotų spręsti aplinkosaugos klausimus. Tai mažiausia, ką galime padaryti dėl savęs ir dėl pasaulio. Grįžęs į savo nuotykį, kai pakilau į kalną, geriau supratau savo norus ir ribas. Supratau, kad svajonės tampa įmanomos tik tuo atveju, jei jos yra kilnios ir teisingos. Urvas yra teisingas ir jei laimėsiu trečiąjį iššūkį, tai įgyvendins mano svajonę. Kai laimėjau pirmąjį ir antrąjį iššūkius, geriau supratau kitų norus. Dauguma žmonių svajoja turėti turtus, socialinį prestižą ir aukštą vadovavimo lygį. Jie nebemato to, kas gyvenime yra geriausia: profesinės sėkmės, meilės ir laimės. Tai, kas daro žmogų išskirtinį, yra jo savybės, kurios spindi per jo darbą. Galia, turtai ir socialinė prabanga nepadaro nieko laimingo. Štai ko aš ieškau šventame kalne: Laimė ir totalus "priešingų jėgų" domenas. Man reikia šiek tiek išeiti. Žingsnis po žingsnio mano kojos veda mane už mano pastatytos trobos. Tikiuosi likimo ženklo.

Saulė įkaista, vėjas sustiprėja ir neatsiranda jokių ženklų. Kaip laimėsiu trečiąjį iššūkį? Kaip aš gyvensiu su nesėkme, jei negalėsiu įgyvendinti savo svajonės? Stengiuosi iš proto išstumti neigiamas mintis, bet baimė stipresnė. Kas aš buvau prieš lipdamas į kalną? Jaunuolis, visiškai nesaugus, bijo susidurti su pasauliu ir jo žmonėmis. Jaunuolis, kuris yra vieną dieną, kovojo teisme už savo teises, tačiau jos nebuvo suteiktos. Ateitis man parodė, kad tai buvo geriausia. Kartais laimime pralaimėdami. Gyvenimas mane to išmokė. Kai kurie paukščiai rėkia aplink mane. Atrodo, kad jie supranta mano susirūpinimą. Rytoj bus nauja diena, septinta ant kalno viršaus. Mano likimas yra rizikuoti su šiuo trečiuoju iššūkiu. Melskitės, skaitytojau, kad laimėčiau.

Trečiasis iššūkis

Pasirodo nauja diena. Temperatūra yra maloni, o dangus yra mėlynas visame savo didybėje. Tingiai atsikeliu, trindamas mieguistas akis. Atėjo didžioji diena, ir aš esu tam pasiruošęs. Prieš ką nors turiu paruošti pusryčius. Su ingredientais, kuriuos man pavyko rasti dieną prieš tai, jis nebus toks menkas. Paruošiu keptuvę ir pradedu atidaryti apetitą keliančius vištienos kiaušinius. Riebalai pursloja ir beveik pataiko į mano akį. Kiek kartų gyvenime kiti, atrodo, įskaudino mus savo nerimu? Valgau pusryčius, šiek tiek pailsėsiu ir paruošiu savo strategiją. Atrodo, kad trečiasis iššūkis yra nelengvas. Žudyti man yra neįsivaizduojama. Na, net ir tokiu atveju turėsiu su tuo susidurti. Su šia rezoliucija pradedu vaikščioti, ir netrukus išeinu iš trobos. Čia prasideda trečias iššūkis ir aš tam ruošiuosi. Važiuoju pirmuoju taku ir pradedu vaikščioti. Medžiai prie kelio yra platūs su giliomis šaknimis. Ko iš tikrųjų ieškau? Sėkmė, pergalė ir pasiekimai. Tačiau nedarysiu nieko, kas prieštarautų mano principams. Mano reputacija eina prieš šlovę, sėkmę ir galią. Trečias iššūkis mane vargina. Žudymas man yra nusikaltimas, net jei tai tik gyvūnas. Kita vertus, noriu įeiti į urvą ir pateikti prašymą. Tai reiškia dvi "priešingas jėgas" arba "priešingus kelius".

Lieku ant tako ir meldžiuosi, kad nieko nerasčiau. Kas žino, gal trečias iššūkis būtų atmestas. Nemanau, kad globėjas būtų toks dosnus. Taisyklių turi laikytis visi. Šiek tiek sustoju ir negaliu patikėti ta scena, kurią matau: Jaguaras ir trimis jo jaunikliais, besišypsančiais aplink mane. Viskas. Aš nežudysiu trijų jauniklių motinos. Aš neturiu širdies. Atsisveikinimo sėkmė, atsisveikinimo nevilties urvas. Užteks svajonių. Trečio iššūkio nebaigiau ir išeinu. Grįšiu į savo namus ir pas savo artimuosius. Paskubomis grįžtu į saloną susikrauti lagaminų. Trečio iššūkio nebaigiu.

Kabina nugriauta. Kokia viso to prasmė? Ranka lengvai paliečia mano petį. Žiūriu atgal ir matau globėją.

"Sveikinu, brangusis! Jūs įvykdėte iššūkį ir dabar turite teisę patekti į nevilties urvą. Jūs laimėjote!

Stiprus apkabinimas, kurį ji man suteikė, tada paliko mane dar labiau sumišusį. Ką sakė ši moteris? Mano sapną ir urvą juk buvo galima rasti? Netikėjau.

"Ką turite omenyje? Trečio iššūkio nebaigiau. Pažvelkite į mano rankas: Jie švarūs. Aš nedažysiu savo vardo krauju.

"Argi nežinai? Ar manote, kad Dievo vaikas sugebėtų įvykdyti tokį žiaurumą, kokio aš prašiau? Neabejoju, kad esate pakankamai vertas, kad įgyvendintumėte savo svajones, nors gali praeiti šiek tiek laiko, kol jos taps realybe. Trečiasis iššūkis nuodugniai įvertino jus ir jūs parodėte besąlygišką meilę Dievo tvariniams. Tai yra svarbiausias dalykas žmogui. Dar vienas dalykas: urvą išgyvens tik tyra širdis. Laikykite savo širdį ir mintis švarias, kad ją įveiktumėte.

"Ačiū, Dieve! Ačiū, gyvenimas, už šią galimybę. Pažadu jūsų nenuvilti.

Emocijos mane užvaldė taip, kaip niekada nebuvo prieš lipant į kalną. Ar urvas galėjo daryti stebuklus? Ruošiausi išsiaiškinti.

Nevilties urvas

Laimėjęs trečiąjį iššūkį buvau pasiruošęs įžengti į baisų nevilties urvą , urvą, kuris įgyvendina neįmanomas svajones. Buvau dar vienas svajotojas, kuris ketino išbandyti savo laimę. Nuo tada, kai pakilau į kalną, nebebuvau toks pat. Dabar pasitikėjau savimi ir nuostabia visata, kuri mane laikė. Ankstesnis apkabinimas, kurį man davė keista moteris, taip pat paliko mane labiau atsipalaidavusį. Dabar ji buvo šalia manęs, visaip mane palaikė. Tai buvo palaikymas, kurio niekada negavau iš savo artimųjų. Mano neatsiejamas lagaminas yra po ranka. Man atėjo laikas atsisveikinti su tuo kalnu ir jo paslaptimis. Iššūkiai, globėjas, vaiduoklis, jauna mergina ir pats kalnas, kuris atrodė gyvas, man padėjo augti. Buvau pasiruošęs išeiti ir susidurti su baisiu urvu. Globėjas yra šalia manęs ir lydės mane šioje kelionėje iki įėjimo į urvą. Išeiname, nes saulė jau leidžiasi link horizonto. Mūsų planai yra visiškoje harmonijoje. Augalija aplink taką, kuriuo keliavome, ir gyvūnų triukšmas daro aplinką labai kaimišką. Atrodo, kad globėjo tyla per visą kursą pranašauja pavojus, kuriuos uždengia urvas. Mes šiek tiek sustojame. Atrodo, kad kalno balsai nori man kažką pasakyti. Aš naudojuosi šia proga ir nutraukiu tylą.

"Ar galiu ko nors paklausti? Kokie tie balsai mane taip kankina?

"Girdite balsus. Įdomus. Šventasis kalnas turi magišką sugebėjimą suvienyti visas sapnuojančias širdis. Galite pajusti šias stebuklingas vibracijas ir jas interpretuoti. Tačiau nekreipkite į juos daug dėmesio, nes jie gali sukelti jums nesėkmę. Stenkitės susikoncentruoti į savo mintis ir jų aktyvumas bus mažesnis. Būk atsargus. Urvas gali aptikti jūsų silpnybes ir panaudoti jas prieš jus.

"Pažadu pasirūpinti savimi. Nežinau, kas manęs laukia oloje, bet tikiu, kad šviečiančios dvasios man padės. Ant kortos pastatytas mano likimas ir tam tikra prasme ir likusio pasaulio likimas.

"Gerai, mes pakankamai pailsėjome. Toliau vaikščiokime, nes iki saulėlydžio netruks ilgai. Urvas turėtų būti maždaug už ketvirčio mylios nuo čia.

Pėdų ūžesys atsinaujina. Ketvirtis mylios atskyrė mano svajonę nuo jos įgyvendinimo. Esame vakarinėje kalno viršūnės pusėje, kur vėjai vis stipresni. Kalnas ir jo paslaptys... Manau, kad niekada iki galo to nesužinosiu. Kas mane paskatino į jį lipti? Pažadas, kad neįmanoma tapti įmanoma, ir mano nuotykių ieškotojas bei skautų instinktai. Kas buvo įmanoma, ir kasdienybė mane žudė. Dabar jaučiausi gyva ir pasiruošusi įveikti iššūkius. Artėja urvas. Jau matau jo įėjimą. Atrodo impozantiška, bet nesu nusivylęs. Daugybė minčių įsiveržia į visą mano esybę. Man reikia kontroliuoti savo nervus. Jie galėjo mane išduoti laiku. Globėjas signalizuoja sustoti. Aš paklūstu.

"Tai yra arčiausiai to, ką galiu pasiekti urve. Gerai įsiklausykite į tai, ką aš pasakysiu, nes aš to nekartosiu: Prieš įeidami, melskitės vieno Mūsų Tėvo už savo angelą sargą. Tai apsaugos jus nuo pavojų. Įėję elkitės atsargiai, kad nepatektumėte į spąstus. Nukeliavę pagrindiniu urvo taku, tam tikrą laiką, susidursite su trimis galimybėmis: laime, nesėkme ir baime. Pasirinkite laimę. Jei pasirinksite nesėkmę, liksite vargšas beprotis, kuris anksčiau svajojo. Jei nuspręsite bijoti, visiškai prarasite save. Laimė suteikia prieigą prie dar dviejų man nežinomų scenarijų. Atminkite: tik tyra širdis gali išgyventi urvą. Būkite išmintingi ir išpildykite savo svajonę.

"Suprantu. Atėjo akimirka, kurios laukiau nuo tada, kai pakilau į kalną. Ačiū, globėjų, už visą kantrybę ir uolumą su manimi. Niekada nepamiršiu tavęs ar akimirkų, kurias praleidome kartu.

Sielvartas užvaldė mano širdį, kai atsisveikinau su ja. Dabar tai buvo tik aš ir urvas, dvikova, kuri pakeis pasaulio istoriją ir mano paties. Žiūriu tiesiai į jį ir gaunu žibintuvėlį iš lagamino, kad apšviestų kelią. Esu pasiruošęs įeiti. Mano kojos atrodo sustingusios prieš šį milžiną. Man reikia sukaupti jėgų, kad galėčiau tęsti kelią. Aš esu brazilas ir niekada, niekada nepasiduodu. Be to, žengiu pirmuosius žingsnius ir šiek tiek jaučiu, kad kažkas mane lydi. Be to, manau, kad esu išskirtinis Dievui. Jis su manimi elgiasi taip, lyg būčiau jo sūnus. Mano žingsniai pradeda greitėti, ir galiausiai įeinu į urvą. Pradinis susižavėjimas yra didžiulis, bet aš turiu būti atsargus dėl spąstų. Oro drėgmė yra didelė, o šaltis intensyvus. Stalaktitai ir stalagmitai užpildo praktiškai visur aplink mane. Aš nuėjau apie penkiasdešimt jardų, ir šaltėtis pradeda duoti man žąsų bumbulus visame kūne. Viskas, ką išgyvenau prieš lipdamas į kalną, man pradeda ateiti į galvą: kitų pažeminimas, neteisybė ir pavydas. Atrodo, kad kiekvienas mano priešas yra tame urve, laukdamas geriausio laiko mane užpulti. Įspūdingu šuoliu įveikiu pirmuosius spąstus. Urvo ugnis mane beveik prarijo. Nadja ne taip pasisekė. Prilipęs prie stalaktito nuo lubų, kuris stebuklingai ištvėrė mano svorį, man pavyko išgyventi. Man reikia nusileisti ir tęsti kelionę link nežinomybės. Mano žingsniai įsibėgėja, bet atsargiai. Dauguma žmonių skuba, skuba laimėti ar siekti tikslų. Fantastiškas judrumas ką tik išgelbėjo mane nuo antrųjų spąstų. Nesuskaičiuojama daugybė neįgalių buvo nukreiptos link manęs. Vienas iš jų priėjo taip arti, kad subraižė mano veidą. Urvas nori mane sunaikinti. Nuo šiol turiu būti atsargesnis. Praėjo maždaug viena valanda nuo tada, kai įžengiau į urvą, ir vis tiek nesu pasiekęs taško, apie kurį kalbėjo globėjas. Turėčiau būti artimas. Mano žingsniai tęsiasi, greitėja, o širdis duoda įspėjamąjį ženklą. Kartais mes nekreipiame dėmesio į ženklus, kuriuos suteikia mūsų kūnas. Būtent tada įvyksta nesėkmė ir nusivylimas. Laimei, man taip nėra. Girdžiu labai garsų triukšmą, sklindantį mano kryptimi. Pradedu bėgti. Po kelių akimirkų suprantu, kad mane persekioja milžiniškas akmuo, besiveržiantis dideliu greičiu. Kurį laiką bėgu ir staigiu judesiu galiu atsitraukti nuo uolos, radęs pastogę urvo šone. Kai akmuo praeina, priekinė urvo dalis uždaroma ir tada tiesiai priešais tris duris pasirodo. Jie simbolizuoja laimę, nesėkmę ir baimę. Jei pasirinksiu nesėkmę, niekada nebūsiu niekas, išskyrus vargšą beprotį, kuris yra viena svajotas tapti rašytoju. Žmonės manęs gailėsis. Jei pasirinksiu bijoti, niekada neaugsiu ir nebūsiu pasaulio žinomas. Galėjau pataikyti į uolos dugną ir visam laikui pasiklysti. Jei pasirinksiu laimę, tęsiu savo svajonę ir pereisiu prie antrojo scenarijaus.

Yra trys variantai: durys į dešinę, į kairę ir viena viduryje. Kiekvienas iš jų atstovauja vieną iš variantų: laimę, nesėkmę ar baimę. Turiu teisingai pasirinkti. Su laiku išmokau įveikti savo baimes: Tamsos baimė, baimė būti vienam ir nežinomybės baimė. Be to, nebijau nei sėkmės, nei ateities. Baimė turi reikšti duris dešinėje. Nesėkmė yra prasto planavimo rezultatas. Kelis kartus man nepavyko, bet tai neprivertė manęs atsisakyti savo tikslų. Nesėkmė turėtų būti pamoka vėlesnei pergalei. Gedimas turi reikšti duris kairėje. Galiausiai, vidurinės durys turi reikšti laimę, nes teisieji nei į dešinę, nei į kairę. Teisumas visada laimingas. Sukaupiu jėgas ir pasirenku duris per vidurį. Jį atidarius turiu daug galimybių patekti į poilsio kambarį, o ant stogo užrašytas vardas Laimė. Centre yra raktas, suteikiantis prieigą prie kitų durų. Aš tikrai buvau teisus. Pirmąjį žingsnį įvykdžiau. Tai man palieka dar du. Gaunu raktą ir išbandau jį duryse. Jis puikiai tinka. Atidarau duris. Tai suteikia man prieigą prie naujos galerijos. Pradedu leistis žemyn. Mano mintis užplūsta daugybė minčių: Kokie bus nauji spąstai, su kuriais turiu susidurti? Į kokį scenarijų mane atves ši galerija? Yra daug neatsakytų klausimų. Aš ir toliau vaikštau, o mano kvėpavimas tampa įtemptas, nes oro vis labiau trūksta. Aš jau nuėjau apie dešimtadalį mylios ir turiu išlikti dėmesingas. Be to, girdžiu triukšmą ir krintu ant žemės, kad apsisaugočiau. Tai mažų šikšnosparnių triukšmas, kuris šaudo aplink mane. Ar jie čiulps mano kraują? Ar jie mėsėdžiai? Mano laimei, jie dingsta galerijos platybėse. Matau veidą ir mano kūnas dreba, Ar tai vaiduoklis? Ne. Tai kūnas ir kraujas, ir jis ateina pas mane, pasiruošęs kovoti. Tai vienas iš urvo kunigų kariai. Prasideda kova. Jis yra labai greitas ir bando mane pataikyti į lemiamą vietą. Stengiuosi išvengti jo išpuolių. Aš kovoju su kai kuriais judesiais, kuriuos išmokau žiūrėdamas filmus. Strategija veikia. Tai jį gąsdina ir jis šiek tiek atsitraukia. Jis smogia atgal su savo kovos menais, bet aš tam pasiruošęs. Trenkiau jam į galvą uola, kurią pasiėmiau oloje. Jis krenta be sąmonės. Aš visiškai nelinkęs į smurtą, bet šiuo atveju tai buvo griežtai būtina. Norėčiau pereiti prie antrojo scenarijaus ir atrasti urvo paslaptis. Be to, vėl pradedu vaikščioti, lieku dėmesingas ir apsisaugojau nuo bet kokių naujų spąstų. Kai drėgmė maža, pučia vėjas, ir man pasidaro patogiau. Jaučiu " Globėjas " siunčiamų pozityvių minčių sroves. Urvas dar labiau tamsėja, transformuojasi. Virtualus labirintas pasirodo tiesiai į priekį. Dar vienas urvo spąstai. Labirinto įėjimas yra puikiai matomas. Bet kur yra išėjimas? Kaip įeiti ir nepasiklysti? Turiu tik vieną variantą: kirsti labirintą ir rizikuoti. Sukaupiu drąsą ir pradedu žengti pirmuosius žingsnius link labirinto įėjimo. Melskitės, skaitytojau, kad rasčiau išėjimą. Neturiu galvoje strategijos. Manau, kad turėčiau panaudoti savo žinias, kad išeičiau iš šios netvarkos. Su drąsa ir tikėjimu gilinuosi į labirintą. Atrodo, kad tai labiau painu iš vidaus nei iš išorės. Jo sienos yra plačios ir sukasi zigzagais. Pradedu prisiminti gyvenimo momentus, kai atsidūriau pasimetęs tarsi labirinte. Mano tėvo, tokio jauno, mirtis buvo tikras smūgis mano gyvenime. Laikas, kurį praleidau be darbo, o ne studijavau, taip pat privertė mane jaustis pasimetusia, tarsi labirinte. Dabar buvau tokioje pačioje situacijoje. Aš vis vaikštau, ir atrodo, kad labirintui nėra galo. Ar kada nors jautėtės beviltiškai? Taip jaučiausi, visiškai beviltiškai. Todėl jis turi pavadinimą nevilties urvas. Susirenku paskutinę jėgų dalelę ir atsikeliu. Man reikia rasti išeitį bet kokia kaina. Mane užklumpa paskutinė mintis; Žiūriu į lubas ir matau daug šikšnosparnių. Aš seksiu vienu iš jų. Aš jį vadinsiu "vedliu". Vedlys galėtų užkariauti labirintą. Štai ko man reikia. Šikšnosparnis skraido dideliu greičiu ir aš turiu suspėti su juo. Gerai, kad esu fiziškai tinkamas, beveik sportininkas. Matau šviesą tunelio gale, arba dar geriau, labirinto gale. Esu išgelbėtas.

Labirinto pabaiga atvedė mane į keistą sceną urvo galerijoje. Kambarys iš veidrodžių. Atsargiai vaikštau, bijodamas ką nors sulaužyti. Savo atspindį matau veidrodyje. Kas aš dabar esu? Vargšas jaunas svajotojas ruošiasi atrasti savo likimą. Atrodau ypač susirūpinusi. Ką visa tai reiškia? Sienos, lubos, grindys, viskas susideda iš stiklo. Paliečiu veidrodžio paviršių. Medžiaga tokia trapi, bet ištikimai atspindi savęs aspektą. Akimirksniu trijuose veidrodžiuose pasirodo aiškus vaizdas: vaikas, jaunuolis, laikantis karstą, ir senis. Jie visi esu aš. Ar tai vizija? Iš tiesų, aš turiu į vaiką panašių aspektų, tokių kaip tyrumas, nekaltumas ir tikėjimas žmonėmis. Abejoju, ar noriu atsikratyti šių savybių. Penkiolikos metų jaunuolis simbolizuoja skausmingą mano gyvenimo etapą: Tėvo netektį. Nepaisant jo griežtų ir nuolankių būdų, jis buvo mano tėvas. Vis dar prisimenu jį su nostalgija. Pagyvenęs vyras simbolizuoja mano ateitį. Kaip tai bus? Ar man pasiseks? Vedęs, vienišas ar net našlys? Manau, kad geriau būtų nebūti maištaujančiu ar įskaudintu seniu. Užteks su šiais vaizdais. Mano dabartis yra dabar. Esu dvidešimt šešerių metų jaunuolis, turintis matematikos išsilavinimą, rašytojas. Aš jau nebe vaikas, nei penkiolikmetis, netekęs tėvo. Be to, aš taip pat nesu senas žmogus. Manęs laukia mano ateitis ir noriu būti laimingas. Aš nesu nė vienas iš šių trijų vaizdų. Be to, aš esu savimi. Su smūgiu trys veidrodžiai, kuriuose pasirodė asmenys, sulaužomi ir atsiranda durys. Tai mano įėjimas į trečią ir paskutinį scenarijų.

Atidarau duris, kurios suteikia prieigą prie naujos galerijos. Kas manęs laukia trečiajame scenarijuje? Kartu tęskime, skaitytojau. Pradedu vaikščioti, o širdis greitėja taip, lyg dar būčiau pirmoje scenoje. Įveikiau daugybę iššūkių ir spąstų ir jau laikau save nugalėtoju. Mintyse ieškau praeities prisiminimų, kai žaidžiau mažuose urvuose. Dabar situacija yra visiškai kitokia. Urvas yra didžiulis ir pilnas spąstų. Mano žibintuvėlis beveik miręs. Aš ir toliau einu, o tiesiai į priekį atsiranda nauji spąstai: Dvejos durys. "Priešingos jėgos" šaukia manyje. Būtina padaryti naują pasirinkimą. Į galvą ateina vienas iš iššūkių, ir prisimenu, kaip turėjau drąsos jį įveikti. Pasirinkau kelią dešinėje. Tačiau situacija kitokia, nes esu tamsiame, drėgname urve. Aš pasirinkau, bet taip pat pradedu prisiminti globėjo, kuris kalbėjo apie mokymąsi, žodžius. Man reikia susipažinti su dviem jėgomis, kad galėčiau jas visiškai kontroliuoti. Be to, aš renkuosi duris kairėje. Lėtai jį atidarau; bijodamas, ką gali slėpti. Ją atidarydamas mąstau apie viziją: esu šventovės viduje, pripildytoje šventovių atvaizdų su koplyčia ant altoriaus. Ar tai gali būti Šventasis Gralis, pasiklydęs Kristaus koplytstulpis, suteikiantis amžiną jaunystę tiems, kurie iš jo geria? Mano kojos dreba. Impulsyviai bėgu link chalato ir pradedu nuo jo gerti. Vynas skonis dangiškas, dievų. Jaučiuosi apsvaigusi, pasaulis sukasi, angelai gieda, o urvo pagrindas dreba. Turiu savo pirmąjį regėjimą: matau žydą, vardu Jėzus, kartu su savo apaštalais gydantį, išlaisvinantį ir mokantį savo tautai naujų perspektyvų. Be to, matau visą jo stebuklų trajektoriją ir meilę. Taip pat matau Judo išdavystę ir velnią, veikiantį už jo nugaros. Pagaliau matau jo prisikėlimą ir šlovę. Girdžiu balsą , sakantį man: Pateikite savo prašymą. Apimtas džiaugsmo, sakau, kad noriu tapti Regėtoju!

Stebuklas

Netrukus po mano prašymo šventovė dreba, prisipildo dūmų ir aš girdžiu pakitusius balsus. Tai, ką jie atskleidžia, yra visiškai slapta. Maža ugnis pakyla iš koplyčios ir nusileidžia mano rankoje. Jo šviesa prasiskverbia ir apšviečia visą urvą. Urvo sienos transformuojasi ir užleidžia vietą atsiradusioms mažoms durims. Jis atsidaro ir stiprus vėjas pradeda mane stumti į jį. Į galvą ateina visos mano pastangos: mano atsidavimas studijoms, tai, kaip aš tobulai laikiausi Dievo įstatymų, kalno pakilimas, iššūkiai ir net būtent šis praėjimas į urvą. Visa tai man atnešė stulbinantį dvasinį augimą. Dabar buvau pasiruošusi būti laiminga ir įgyvendinti savo svajones. Labai baisus nevilties urvas privertė mane pateikti savo prašymą. Šią didingą akimirką taip pat prisimenu visus tuos, kurie tiesiogiai ar netiesiogiai prisidėjo prie mano pergalės: mano pradinės mokyklos mokytoją ponią Socorro, kuri mokė mane skaityti ir rašyti, mano gyvenimo mokytojus, mano mokyklos ir darbo draugus, mano šeimą ir globėją, kuris padėjo man įveikti iššūkius ir šį urvą. Stiprus vėjas vis stumia mane durų link ir netrukus aš būsiu slaptos kameros viduje.

Jėga, kuri mane pastūmėjo, pagaliau nutrūksta. Durys užsidaro. Esu gigantiškoje kameroje, kuri yra aukšta ir tamsi. Dešinėje pusėje yra kaukė, žvakė ir Biblija. Kairėje yra apsiaustas, bilietas ir nukryžiuotasis. Centre, aukštai, yra įdomiai atrodantis apskritas aparatas, pagamintas iš geležies. Einu link dešinės pusės: užsidedu kaukę, griebiu žvakę ir atidarau Bibliją į atsitiktinį puslapį. Einu link kairės pusės: užsidėjau apsiaustą, ant bilieto užrašau savo vardą ir slapyvardį, o kita ranka pritvirtinu nukryžiuotąjį. Be to, einu link centro ir pasistatau save tiksliai žemiau aparato. Ištariu keturias stebuklingas raides: S-e-e-r. Iškart prietaisas skleidžia šviesos ratą ir mane visiškai apgaubia. Užuodžiu smilkalus, kurie kasdien deginami, prisimindamas didžiuosius svajotojus: Martiną Lutherį Kingą, Nelsoną Mandela, Motiną Teresę, Pranciškų Asyžiejų ir Jėzų Kristų. Mano kūnas vibruoja ir pradeda plūduriuoti. Mano pojūčiai pradeda žadinti ir su jais galiu giliau atpažinti jausmus ir ketinimus. Mano dovanos sustiprėja ir su jomis galiu daryti stebuklus laike ir erdvėje. Ratas vis labiau užsidaro, o kiekvienas kaltės, nepakantumo ir baimės jausmas ištrinamas iš mano proto. Esu beveik pasiruošęs: pradeda atsirasti vizijų seka ir mane glumina. Galiausiai ratas užgęsta. Akimirksniu atidaroma durų seka ir su savo naujomis dovanomis galiu puikiai matyti, jausti ir girdėti. Pradeda ryškėti personažų, norinčių pasireikšti, riksmai, ryškūs laikai ir vietos, o reikšmingi klausimai pradeda erzinti mano širdį. Pradedamas iššūkis tapti aiškiaregiu.

Išėjimas iš urvo

Kai viskas buvo padaryta, viskas, kas liko dabar, buvo tai, kad aš išeičiau iš urvo ir leisčiausi į savo tikrąją kelionę. Mano svajonė buvo duota ir dabar ją tiesiog reikėjo įgyvendinti. Pradedu vaikščioti ir mažai laiko palieku slaptą kamerą. Jaučiu, kad joks kitas žmogus niekada neturės malonumo į jį įeiti. Nevilties urvas daugiau niekada nebebus toks pat, kai paliksiu pergalingą, pasitikintį savimi ir laimingą. Grįžtu prie trečiojo scenarijaus: šventųjų atvaizdai lieka nepakitę ir, atrodo, yra patenkinti mano pergale. Puodelis nukrito ir yra sausas. Vynas buvo skanus. Ramiai dirbu prie trečio scenarijaus ir jaučiu vietos atmosferą. Jis tikrai toks pat šventas kaip urvas ir kalnas. Šaukiu iš džiaugsmo, o aidas sklinda per urvą. Pasaulis nebebus toks pat po Regėtojo. Sustoju, susimąstau ir visaip save apmąstau. Su paskutiniu atsisveikinimo bučiniu palieku trečią scenarijų ir grįžtu prie tų pačių durų kairėje, kurias pasirinkau. Regėtojo kelias nebus lengvas, nes bus sunku visiškai suvaldyti priešingas širdies jėgas ir tada teks to mokyti kitus. Kelias kairėje, kuris buvo mano pasirinkimas, reiškia žinias ir nuolatinį mokymąsi, nesvarbu, ar su paslėptomis jėgomis, ar su atgaila, ar su pačia mirtimi. Pasivaikščiojimas tampa baigtinis, nes urvas yra platus, tamsus ir labai drėgnas. Regėtojo iššūkis gali būti didesnis, nei aš suvokiu: iššūkis sutaikyti širdis, gyvenimus ir jausmus. Tai dar ne viskas: aš dar turiu pasirūpinti savo keliu. Galerija tampa siaura, o kartu ir mano mintys. Mano jausmai dėl namų ligos banguoja, taip pat nostalgija matematikai ir mano asmeniniam gyvenimui. Galiausiai ateina mano nostalgija. Paspartinu savo žingsnius ir netrukus atsiduriu antrame scenarijuje. Sudaužyti veidrodžiai dabar simbolizuoja mano proto dalis, kurios buvo išsaugotos ir išplėstos: gerus jausmus, dorybes, dovanas ir gebėjimą atpažinti, kada suklydau. Veidrodžių scenarijus atspindi mano sielą. Šį savęs pažinimą aš pasiimsiu su savimi visą savo gyvenimą. Mano atmintyje vis dar saugomos vaiko, jauno penkiolikmečio ir pagyvenusio vyro figūros. Tai trys iš daugelio mano veidų, kuriuos išsaugoju, nes jie yra mano istorija. Palieku antrą scenarijų, o kartu su juo palieku prisiminimus. Esu galerijoje, kuri veda prie pirmojo scenarijaus. Mano ateities lūkesčiai ir viltis atsinaujina. Aš esu Regėtojas, išsivysčiusi ir ypatinga būtybė, kuriai lemta priversti daugelį sielų svajoti. Laikotarpis po urvo pasitarnaus kaip jau esamų įgūdžių mokymas ir tobulinimas. Einu šiek tiek toliau ir pagaunu žvilgsnį į labirintą. Šis iššūkis mane beveik sunaikino.

Mano išsigelbėjimas buvo Vedlys, šikšnosparnis, padėjęs man rasti išėjimą. Dabar man jo nebereikia, nes su savo aiškiaregiškomis galiomis galiu lengvai praeiti pro jį. Turiu patarimo dovaną penkiuose lėktuvuose. Kaip dažnai jaučiamės taip, lyg būtume pasiklydę labirinte: Kai prarandame darbą; Kai esame nusivylę didele savo gyvenimo meile; Kai mes nepaisome savo viršininkų autoriteto; Kai prarandame viltį ir gebėjimą svajoti; Kai nustojame būti gyvenimo mokiniais ir kada prarandame gebėjimą vadovauti savo likimui? Atminkite: Visata skatina žmogų, bet būtent mes turime to siekti ir įrodyti, kad esame verti. Štai ką aš padariau. Pakilau į kalną, atlikau tris iššūkius, įžengiau į urvą, nugalėjau jo spąstus ir pasiekiau savo tikslą. Aš išgyvenu labirintą, ir tai nepadaro manęs tokio laimingo, nes aš jau laimėjau iššūkį. Be to, ketinu ieškoti naujų horizontų. Taip pat, Be to, tarp slaptosios kameros nuėjau apie dvi mylias, antrąjį ir trečiąjį scenarijus ir su šiuo suvokimu jaučiuosi šiek tiek pavargęs. Jaučiu, kaip prakaitas srūva; Taip pat jaučiu oro slėgį ir žemą drėgmę. Kreipiuosi į karys, savo didįjį priešininką. Jis vis dar atrodo išmuštas. Atsiprašau, kad taip su tavimi elgiausi, bet ant kortos pastatyta mano svajonė, mano viltis ir likimas. Svarbiose situacijose reikia priimti svarbius sprendimus. Baimė, gėda ir moralė tik trukdo, o ne padeda. Glamonėju jo veidą ir bandau atkurti gyvybę jo kūne. Taip elgiuosi, nes esame nebe šio epizodo priešininkai, o bendražygiai. Jis pakelia ir giliu lanku sveikina mane. Viskas buvo palikta nuošalyje: kova, mūsų "priešingos jėgos", mūsų skirtingos kalbos ir mūsų skirtingi tikslai. Gyvename kitokioje situacijoje nei ankstesnė. Mes galime kalbėtis, suprasti vienas kitą, o kas žino, gal net būti draugais. Taigi, ši patarlė: Padarykite iš savo priešo aistringą ir ištikimą draugą. Galiausiai jis mane apkabina, atsisveikina ir linki sėkmės . Aš atkrešiu. Jis ir toliau sudarys urvo paslapties dalį, o aš sudarysiu gyvenimo ir pasaulio slėpinio dalį. Mes esame "priešingos jėgos", kurios surado viena kitą. Toks yra mano tikslas šioje knygoje: suvienyti "priešingas jėgas". Aš vis vaikštau galerijoje, kuri suteikia prieigą prie pirmojo scenarijaus. Jaučiuosi užtikrintai ir visiškai rami, skirtingai nei tada, kai pirmą kartą ėjau į urvą. Baimė, tamsa ir nenumatyta "visa tai mane gąsdino. Trys durys, kurios reiškė laimę, baimę ir nesėkmę, padėjo man tobulėti ir suprasti dalykų jausmą. Nesėkmė reiškia viską, nuo ko bėgame nežinodami kodėl. Nesėkmė visada turi būti mokymosi akimirka. Tai yra taškas, kuriame žmogus atranda, kad jis nėra tobulas, kad kelias vis dar nėra nubrėžtas, ir tai yra rekonstrukcijos momentas. Štai ką mes visada turėtume daryti: Atgimti. Paimkite, pavyzdžiui, medžius: Jie praranda lapus, bet ne savo gyvenimą. Būkime tokie, kokie jie yra Vaikščiojančios metamorfozės. Gyvenimas to reikalauja. Baimė yra tada, kai jaučiame grėsmę ar engiamą. Tai atspirties taškas naujoms nesėkmėms. Įveikite savo baimes ir sužinokite, kad jos egzistuoja tik jūsų vaizduotėje. Aprėpiau nemažą dalį urvo galerijos ir kaip tik šią akimirką praeinu pro laimės duris. Kiekvienas gali eiti pro šias duris ir įsitikinti savimi, kad laimė egzistuoja ir gali būti pasiekta, jei visiškai sutiksime su visata. Tai gana paprasta. Darbininkas, mūrininkas, sargas mielai vykdo savo misijas; Ūkininkas, cukranendrių sodintojas, kaubojus mielai renka savo darbo produktą; mokytojas mokymo ir mokymosi srityje; rašytojas raštu ir skaitymu; šventikas, skelbiantis dieviškąją žinią, ir skurstantys vaikai, našlaičiai, ir elgetos džiaugiasi gavę meilės ir rūpesčio žodžius. Laimė yra mumyse ir tikisi, kad ji bus nuolat atrasta. Norėdami būti tikrai laimingi, turėtume pamiršti neapykantą, apkalbas, nesėkmes, baimę ir gėdą. Aš vis vaikštau, matau visus man suvaldytus spąstus ir galvoju, iš ko žmonės yra pagaminti, jei jie neturi įsitikinimų, kelių ar likimų. Nė vienas iš jų nebūtų išgyvenęs spąstų, nes neturi apsauginio tinklo, šviesos ar jėgos, kuri juos palaiko. Žmogus yra niekas, jei jis yra vienas. Jis kažką iš savęs padaro tik tada, kai yra susijęs su žmonijos jėgomis. Jis gali susikurti savo vietą tik tuo atveju, jei yra visiškoje harmonijoje su visata. Taip jaučiuosi dabar: visiškoje harmonijoje, nes pakilau į kalną, laimėjau tris iššūkius ir įveikiau urvą , urvą, kuris įgyvendino mano svajonę. Mano pasivaikščiojimas artėja prie pabaigos, nes matau šviesą, sklindančią iš įėjimo į urvą. Netrukus iš jo išeisiu.

Susijungimas su "Globėjas"

Aš esu iš urvo. Dangus yra mėlynas, saulė yra stipri, o vėjas yra šiaurės vakaruose. Pradedu kontempliuoti visą išorinį pasaulį ir suprantu, kokia graži ir plati iš tikrųjų yra visata. Jaučiuosi svarbia jo dalimi, nes pakilau į kalną, atlikau tris iššūkius, buvau išbandytas urve ir laimėjau. Be to, taip pat jaučiuosi visaip transformuota, nes šiandien esu nebe tik svajotoja, o pranašas, palaiminta dovanomis. Urvas tikrai padarė stebuklą. Stebuklai vyksta kiekvieną dieną, bet mes to nesuvokiame. Broliškas gestas, lietus, prikeliantis gyvenimą, išmalda, pasitikėjimas savimi, gimimas, tikra meilė, komplimentas, netikėtumas, tikėjimas, judantis kalnus, sėkmė, ir likimas; visa tai simbolizuoja stebuklą, kuris yra gyvenimas. Gyvenimas dosnus.

Aš ir toliau mąstau apie išorę, visiškai iš baimės. Aš esu susijęs su visata ir ji su manimi. Mes esame viena, turinti tuos pačius tikslus, viltis ir įsitikinimus. Esu tokia susikaupusi, kad mažai ką pastebiu, kai mažytė ranka paliečia mano kūną. Lieku savo ypatingame ir unikaliame dvasiniame prisiminime, kol nedidelis disbalansas, kurį sukelia kažkas, išmuša mane iš mano ašies. Be to, atsisuku į klausimą ir pamatau berniuką ir globėją. Manau, kad jie gana ilgai buvo mano pusėje, o aš to nesupratau.

"Taigi, jūs išgyvenote urvą. Sveikinu! Tikėjausi, kad taip ir bus. Tarp visų karių, kurie jau bandė patekti į urvą ir įgyvendinti savo svajones, jūs buvote pajėgiausias. Tačiau turėtumėte žinoti, kad urvas yra tik vienas žingsnis tarp daugelio, su kuriais susidursite gyvenime. Žinios yra tai, kas suteiks jums tikrą galią, ir tai yra kažkas, ko niekas negalės iš jūsų atimti. Iššūkis pradėtas. Esu čia, kad jums padėčiau. Žiūrėkite čia, aš atvedžiau jums šitą vaiką lydėti jus į jūsų tikrąją kelionę. Jis bus labai naudingas. Jūsų misija yra suvienyti "priešingas jėgas" ir priversti jas duoti vaisių kitu metu. Kažkam reikia jūsų pagalbos, todėl aš jus atsiųsiu.

"Ačiū. Urvas tikrai įgyvendino mano svajonę. Dabar esu regėtojas ir esu pasirengęs naujiems iššūkiams. Kokia yra ši tikroji kelionė? Kas tas žmogus, kuriam reikia mano pagalbos? Kas man nutiks?

"Klausimai, klausimai, mano brangusis. Atsakysiu į vieną iš jų. Turėdami naujų galių, leisitės į kelionę atgal laiku, kad iškreiptumėte neteisybę ir padėtumėte kam nors atsidurti. Visa kita atrasite patys. Šiai misijai vykdyti turite lygiai trisdešimt dienų. Negaiškite savo laiko.

"Suprantu. Kada galiu eiti?

"Šiandien. Laikas spaudžia.

Beje, globėjas padavė man vaiką ir draugiškai atsisveikino. Kas manęs laukia šioje kelionėje? Ar gali būti, kad Regėtojas tikrai gali ištaisyti neteisybę? Manau, kad reikės visų mano galių, kad šioje kelionėje sektųsi gerai.

Atsisveikinimas su kalnu

Kalnas kvėpuoja ramybės ir ramybės oru. Nuo tada, kai atvykau čia, išmokau tai gerbti. Manau, kad tai taip pat padėjo man jį išplėsti, įveikti iššūkius ir patekti į urvą. Tai tikrai buvo išsigandęs. Taip tapo dėl paslaptingo šamano mirties, kuris sudarė keistą paktą su visatos jėgomis. Jis pažadėjo atiduoti savo gyvybę mainais į taikos atkūrimą savo gentyje. Šimtmečius regione dominavo Xukuru. Tuo metu jų gentys kariavo dėl burtininko iš šiaurinės genties. Jis troško galios ir visiškos genčių kontrolės. Jų planuose taip pat buvo pasaulio dominavimas su jų tamsiaisiais menais. Taigi, prasidėjo karas. Pietinė gentis atkeršijo, prasidėjo išpuoliai ir mirtis. Visai Xukuru tautai grėsė išnykimas. Tada pietų šamanas suvienijo savo pajėgas ir sudarė paktą. Pietinė gentis laimėjo ginčą, vedlys buvo nužudytas, šamanas sumokėjo savo sandoros kainą ir buvo atkurta taika. Nuo tada Ororubá kalnas tapo šventas.

Aš vis dar esu urvo pakraštyje analizuodamas situaciją. Turiu misiją, kurią turiu atlikti, ir berniuką, kuriuo reikia rūpintis, nors pats dar nesu tėvas. Be to, aš analizuoju berniuką nuo galvos iki kojų ir iškart tai suvokiu. Jis yra tas pats vaikas, kurį bandžiau išgelbėti nuo to žiauraus žmogaus nagų. Man atrodo, kad jis yra nutildytas, nes aš dar negirdėjau jo kalbant. Stengiuosi nutraukti tylą.

"Sūnau, ar tavo tėvai sutiko leisti tau keliauti su manimi? Žiūrėk, aš tave paimsiu tik tuo atveju, jei tai tikrai būtina.

"Neturiu šeimos. Mano mama mirė prieš trejus metus. Po to tėvas manimi rūpinosi. Tačiau buvau taip skriaudžiamas, kad nusprendžiau pabėgti. Globėjas manimi rūpinasi dabar. Prisiminkite, ką ji sakė: Jums reikia manęs šioje kelionėje.

"Atsiprašau. Pasakyk man: kaip tavo tėvas netinkamai elgėsi su tavimi?

"Jis privertė mane dirbti dvylika valandų per dieną. Maisto trūko. Man nebuvo leista groti mokytis ar net turėti draugų. Jis mane mušdavo dažnai. Be to, jis man niekada nedavė jokios meilės, kurią tėvas turėtų duoti. Taigi, nusprendžiau pabėgti.

"Suprantu jūsų sprendimą. Nepaisant to, kad esate vaikas, esate labai išmintingas. Jūs nebekentėsite su šiuo tėvo monstru. Pažadu gerai jumis pasirūpinti šioje kelionėje.

"Rūpinkis manimi? Abejoju.

"Koks tavo vardas?

"Renato. Tai buvo vardas, kurį man pasirinko globėjas. Anksčiau neturėjau nei vardo, nei jokių teisių. Kas tavo?

"Aldivan. Bet jūs galite mane vadinti Regėtoju arba Dievo Vaiku.

"Gerai. Kada mes išeisime, Regėtojai?

"Netrukus. Dabar turiu atsisveikinti su kalnu.

Gestu padariau signalą, kad Renato mane lydėtų. Prieš išvažiuodamas į nežinomą vietą, apvažiuočiau visus takus ir kalnų kampus.

Kelionė atgal laiku

Ką tik atsisveikinau su kalnu. Tai buvo svarbu mano dvasiniam augimui ir prisidėjo prie mano pažinimo. Turėsiu gerų prisiminimų apie tai: Jauki jo viršukalnė, kurioje įveikiau iššūkius, susitikau su globėju ir kur įėjau į urvą. Negaliu pamiršti vaiduoklio, jaunos mergaitės ar vaiko, kuris dabar mane lydi. Jie buvo svarbūs visame procese, nes privertė mane susimąstyti ir kritikuoti save. Jie prisidėjo prie mano žinių apie pasaulį. Dabar buvau pasiruošęs naujam iššūkiui. Kalno laikas baigėsi, urvas taip pat, ir dabar aš keliausiu laiku atgal. Kas manęs laukia? Ar turėsiu daug nuotykių? Tik laikas parodys. Ruošiuosi palikti kalno viršūnę. Pasiimu su savimi savo lūkesčius, krepšį, daiktus ir berniuką, kuris manęs nepaleidžia. Iš viršaus matau gatvę ir jos turinį Mimoso kaime. Jis atrodo mažas, bet man tai svarbu, nes būtent čia aš pakilau į kalną, laimėjau iššūkius, įžengiau į urvą ir sutikau globėją, vaiduoklį, jauną mergaitę ir berniuką. Visa tai man buvo svarbu, kad tapčiau Regėtoju. Regėtojas, žmogus, kuris sugebėjo suprasti labiausiai supainiotas širdis ir peržengti laiką bei atstumą, kad padėtų kitiems. Sprendimas buvo priimtas. Išeičiau.

Tvirtai paimu vaiko ranką ir pradedu susikaupti. Užklumpa šaltas vėjas, saulė šiek tiek įkaista ir pradeda veikti kalno balsai. Tada apačioje išgirstu silpną balsą, šaukiantį pagalbos. Aš sutelkiu dėmesį į šį balsą ir pradedu naudoti savo galias bandydamas jį rasti. Tai tas pats balsas, kurį išgirdau nevilties oloje. Tai moters balsas. Galiu aplink save sukurti šviesos ratą, kad apsaugočiau mus nuo kelionės per laiką poveikio. Pradedu greitinti mūsų greitį. Turime pasiekti šviesos greitį, kad įveiktume laiko barjerą. Oro slėgis po truputį didėja. Jaučiuosi apsvaigusi, pasimetusi ir sutrikusi. Akimirką apgaudinėjau pasaulius ir plokštumas, lygiagrečias mūsų pačių. Aš matau neteisingas visuomenes ir tironus kaip mūsų pačių. Matau dvasių pasaulį ir stebiu, kaip jos veikia tobulai planuodami mūsų pasaulį. Negana to, matau ugnį, šviesą, tamsą ir dūmų užuolaidas. Tuo tarpu mūsų greitis dar labiau įsibėgėja. Mes esame arti to, kad viršytume šviesos greitį. Pasaulis pasisuka ir akimirką matau save senoje Kinijos imperijoje, dirbančią ūkyje. Praeina dar viena sekundė, ir aš esu Japonijoje, patiekdamas užkandžius imperatoriui. Greitai aš keičiu vietas ir esu rituale, Afrikoje, dievai garbinimo sesijoje. Aš ir toliau nuolat išgyvenu gyvenimus savo atmintyje. Greitis dar labiau padidėja, o per akimirką pasiekėme ekstazę. Pasaulis nustoja suktis, ratas išyra, ir mes krentame ant žemės. Kelionė laiku atgal buvo baigta.

Kur aš esu?

Pabundu ir suprantu, kad esu viena. Kas nutiko Renato? Ar gali būti, kad jis neišgyveno kelionės laiku? Na, tai buvo viskas, ką tuo metu galėjau padaryti. Palaukti, palauk? Kur aš esu? Aš nepažįstu šios vietos. Nėra žemės, nėra dangaus, ir tai yra visiškas vakuumas. Šiek tiek toliau nuo tos vietos, kurioje esu, suvokiu procesijoje esančių žmonių susitikimą, visi apsirengę juodai. Kreipiuosi į juos, kad sužinočiau, apie ką kalbama. Nemėgstu būti nežinomose vietose viena. Priėjęs arčiau suprantu, kad tai ne visai procesija, o laidotuvės. Karstas stovi pačiame centre, kurį palaiko trys žmonės. Einu pas vieną iš žmonių, kurie dalyvauja.

"Kas vyksta? Kieno tai palaidojimas?

"Tai, kas palaidojama, yra šių žmonių tikėjimas ir viltis.

"Ką? Kaip?

Negalėdama to suprasti, iš laidotuvių išeinu. Ką darė tie išprotėję žmonės? Kiek žinojau, jūs palaidojote mirusiuosius, o ne jausmus. Tikėjimas ir viltis niekada neturėtų būti palaidoti, net jei tai beviltiška situacija. Laidotuvės dingsta horizonte. Pasirodo saulė ir lygumos viršuje matoma intensyvi šviesa. Šviesa skverbiasi ir sunaudoja visą mano esybę. Pamirštu visas bėdas, sielvartus ir kančias. Tai Kūrėjo vizija ir aš jaučiuosi visiškai atsipalaidavęs ir pasitikintis jo buvimu. Lėktuve po šešėliu plūsta ir su juo piktadariai. Tamsos vizija mane užburia. Dvi atskiros lygumos simbolizuoja "priešingas jėgas", su kuriomis nuolat susiduria visatoje. Esu gėrio pusėje ir sunkiai dirbsiu, kad užtikrinčiau, jog jis visada vyrautų. Dvi lygumos dingsta iš mano regėjimo ir dabar su manimi lieka tik tuščia erdvė. Pasirodo žemė, šviečia mėlynas dangus ir akimirksniu pabundu, tarsi viskas būtų ne kas kita, kaip sapnas.

Pirmieji įspūdžiai

Tikrasis pabudimas palieka man gerą humorą. Atrodo, kad kelionė laiku buvo sėkminga. Šalia manęs, vis dar miegant, Renato atrodo taip, lyg jam labai patiktų kelionė. Kur aš esu? Po kelių akimirkų sužinosiu. Atidžiai apmąstau vietą ir ji atrodo pažįstama. Kalnai, augmenija, topografija, viskas tas pats. Palaukti, palauk. Kažkas yra kitaip. Kaimas nebeatrodo toks pat. Namai, kurie dabar egzistuoja, išsidėstę iš vienos pusės į kitą, jei būtų sudėti iš eilės, sudarytų ne daugiau kaip vieną gatvę. Suprantu, kas nutiko: keliavome laiku, bet ne kosmose. Man reikia nusileisti nuo kalno, kad visa tai stebėčiau. Be to, priartėju prie Renato ir pradedu jį purtyti. Negalime gaišti laiko vėluodami, nes turime lygiai trisdešimt dienų padėti žmogui, kurio vis dar net nesutikau. Renato ištempia ir nenoriai pradeda leistis į kalną su manimi. Nemanau, kad jis dar įveikė kelionių laiku mūšį. Jis vis dar yra vaikas ir jam reikia mano priežiūros.

Nusileidome nemaža maršruto dalimi ir Mimoso artėja vis dažniau. Jau dabar galime matyti gatvėje žaidžiančius vaikus, sukalbijančias moteris su maišais ant netoliese esančios užtvankos, jaunimą, bendraujantį mažoje vietinėje aikštėje. Kas mūsų laukia? Įdomu, kam reikia pagalbos. Visi šie atsakymai bus gauti knygoje. Kažkas išsiskiria Mimoso danguje:

tamsūs debesys užpildo visą aplinką. Ką tai reiškia? Turėsiu apie tai sužinoti. Mūsų žingsniai įsibėgėja, o mes esame maždaug už šimto metrų nuo kaimo. Į šiaurę yra aukšti, stilingi ir gražūs namai. Ji turi tarnauti kaip gyvenamoji vieta kažkam svarbiam. Vakaruose tarp namų išsiskiria juoda pilis. Baisu vien dėl išvaizdos. Pagaliau atvykstame. Esame centriniame regione, kuriame yra dauguma namų. Man reikia susirasti viešbutį pailsėti, nes kelionė buvo ilga ir varginanti. Mano krepšiai sunkiai slegia rankas. Kalbu su vienu iš gyventojų, kuris man pasako, kur galiu jį rasti. Jis yra šiek tiek toliau į pietus nuo tos vietos, kur mes buvome. Mes paliekame ten eiti.

Viešbutis

Kelionė iš ten, kur buvome, kol viešbutis vyko taikiai. Mus tik šiek tiek stebėjo sutikti žmonės. Tarp šių žmonių išsiskyrė kai kurios figūros: moteris su skrybėle Carmen Miranda stiliaus, berniukas su botago žymėmis ant nugaros ir liūdna mergaitė, lydima trijų stiprių vyrų, kurie pasirodė esą jos asmens sargybiniai. Jie visi elgėsi keistai, tarsi šis kaimas nebūtų kokia nors eilinė bendruomenė. Esame priešais viešbutį. Išorėje jį galima apibūdinti taip: vieno aukšto, mūrinė rezidencija, kurios plotas yra maždaug 1600 kvadratinių pėdų, su namų stiliaus, apverstu, V formos stogu. Langas ir priekinės durys yra medinės ir padengtos išgalvotomis užuolaidomis. Yra nedidelis sodas, kuriame auga įvairių rūšių gėlės. Tai buvo vienintelis viešbutis Mimoso mieste, todėl buvome informuoti. Šalia, vos už kelių pėdų, buvo degalinė. Bandžiau surasti varpą, bet negalėjau. Prisiminiau, kad turbūt buvome senesniais laikais, be to, buvome kaime, kur civilizacijos pažanga dar neatėjo. Sprendimas, kuriuo reikia rūpintis, buvo naudoti seną šaukimo būdą, kuris pažadina net įkyrius kurčiuosius.

"Sveiki! Kas nors ten?

Neilgai trukus durys girgžda ir taip iškyla apie šešiasdešimties metų didingos moters su šviesiomis akimis ir raudonais plaukais figūra. Ji buvo plona, turėjo paraudusius skruostus ir, analizuodama savo veidą, ji tik šiek tiek nusiminusi.

"Koks tai triukšmas mano įstaigoje? Ar neturite manierų?

"Atsiprašau, bet tai buvo vienintelis būdas, kuriuo galėjau atkreipti jūsų dėmesį. Ar esate viešbučio savininkas? Mums reikės nakvynės trisdešimt dienų. Aš tau dosniai sumokėsiu.

"Taip, aš esu šio viešbučio savininkas daugiau nei trisdešimt metų. Mano vardas Karmen. Turiu tik vieną kambarį. Ar jus domina? Viešbutis nėra prabangus, tačiau jame siūlomas geras maistas, draugai, reguliarus apgyvendinimas ir tam tikra šeimos aplinka.

"Taip, mes priimsime. Esame pavargę, nes turėjome ilgą kelionę. Atstumas nuo čia iki sostinės yra maždaug šimtas keturiasdešimt mylių.

"Na, tada kambarys tavo. Sutartiniai pagrindai, kuriuos išsiaiškinsime vėliau. Sveikas atvykęs. Užeik ir atsipalaiduok. Pasigaminkite save namuose.

Einame per sodą, kuris suteikia prieigą prie įėjimo tako. Geras poilsis ir geras maistas tikrai galėtų pakeisti mūsų jėgas. Ši ponia, kuri mums atsakė ir kurią dabar mes sekėme, buvo tikrai labai graži. Viešnagė viešbutyje nebūtų tokia monotoniška. Kai ji turėjo šiek tiek laiko, galėjome pasikalbėti ir geriau pažinti vienas kitą. Be to, turėjau išsiaiškinti, kam turėsiu padėti ir kokius iššūkius turėjau įveikti, kad suvienytų "priešingas jėgas". Tai buvo dar vienas žingsnis mano, kaip aiškiaregio, evoliucijoje.

Duris atidaro Karmen, ir mes įeiname į nedidelį kambarį su baldais, būdingais dabartiniam laikui ir papuoštais renesanso paveikslais. Atmosfera tikrai labai pažįstama. Sėdi ant suoliuko dešinėje pusėje, yra trys žmonės. Jaunuolis, maždaug dvidešimties metų amžiaus, lieknas, juodomis akimis ir plaukais ir labai gerai atrodantis; Maždaug keturiasdešimties metų vyras, turintis gerą kūno sudėjimą, juodus plaukus ir rudas akis, jaunatvišką orą ir įtraukiančią šypseną; ir pagyvenęs vyras, tamsiaodis, garbanotas, rimtai nusiteikęs ir pažvelgęs į veidą. Karmen gestikuliavo, kad mus pristatytų:

"Tai yra mano vyras Gumercindo (rodantis į pagyvenusį vyrą), ir tai yra kiti mano svečiai: Rivanio, (keturiasdešimtmetis), jis yra žinomas kaip Vaninho ir yra traukinių stoties palydovas, o Gomes (jaunuolis) yra žemės ūkio parduotuvės darbuotojas.

"Mano vardas Aldivan, ir tai yra mano sūnėnas Renato.

Surengusi pristatymus, Carmen veda mus į mūsų kambarį. Jis yra erdvus, lengvas ir erdvus. Jame yra dvi lovos, ir tai daro mane labiau atsipalaidavusį. Mes išsidedame savo krepšius, apgyvendiname save ir tą akimirką Karmen mus palieka. Šiek tiek pailsėsime, o vėliau vakarieniausime.

Vakarienė

Po gero miego pabudau su atsinaujinusiomis jėgomis. Aš esu viešbučio kambaryje kartu su Renato. Mano sąmonė slegia mane, kai suprantu, kad pasakiau melą. Aš nesu iš Recife, taip pat Renato nėra mano sūnėnas. Tačiau tai buvo geriausia. Aš vis dar nelabai pažįstu žmonių, su kuriais prisistačiau. Geriau likti gynyboje, nes pasitikėjimas yra tai, ką užsidirbi. Antra pagalvojus, jei pasakyčiau tiesą, jie mane vadintų išprotėjusiu. Tiesa ta, kad aš pakilau į kalną ieškodamas savo svajonių; Atlikau tris iššūkius ir įžengiau į baisų nevilties urvą. Vengdamas spąstų ir scenarijų, tapau Regėtoju ir per laiką išvažiavau ieškodamas nežinomybės. Dabar buvau ten ieškodamas atsakymų. Atsikeliu iš lovos, pažadinu Renato ir kartu einame į valgomąjį. Buvome alkani, nes nevalgėme apie šešias valandas.

Įėjome į valgomąjį, pasisveikinome vienas su kitu ir atsisėdome. Patiekiama šventė yra įvairi ir paprastai yra šiaurės rytų: kukurūzų avižiniai dribsniai su pienu arba kukurūzų miltų troškinys su vištiena yra variantai. Desertui yra kasavus tešlos pyragas. Prasideda pokalbis ir jame dalyvauja visi.

"Na, pone Aldivan, ką jūs darote pragyvenimui ir kas jus atveda į šią mažytę vietą? Suabejojo Karmen.

"Esu ne tik matematikos mokytojas, bet ir reporteris ir žurnalistas. Mane atsiuntė sostinės laikraštis, kad surasčiau gerą istoriją. Ar tiesa, kad ši vieta slepia gilias paslaptis?

"Spėju. Tačiau mums draudžiama apie tai kalbėti. Jei nežinojote, mes gyvename pagal imperatoriaus Clemilda įstatymus ir tvarką. Ji yra galinga burtininkė, kuri naudoja tamsias jėgas, kad nubaustų tuos, kurie nepakluso. Būkite budrūs: ji gali viską girdėti.

Sekundę beveik užspringau maistu. Dabar supratau tamsių debesų prasmę. Buvo pažeista "priešingų jėgų" pusiausvyra. Ši pikta moteris blokavo saulės spindulius, jos tyrą šviesą. Ši situacija negalėjo taip ilgai išlikti, kitaip Mimoso gali žūti kartu su savo gyventojais.

"Ar tiesa, kad žurnalistai daug meluoja? Klausia Rivanio.

"Taip nebūna, bent jau mano atveju. Stengiuosi būti ištikimas savo įsitikinimams ir naujienoms. Tikras žurnalistas yra tas, kuris yra rimtas, etiškas ir aistringas savo profesijai.

"Ar esate vedęs? Kokie jūsų gyvenimo tikslai? "klausia Karmen.

"Ne. Kartą kažkas man pasakė, kad Dievas atsiųs man ką nors. Šiuo metu esu susikoncentravusi į savo studijas ir svajones. Meilė ateis vieną dieną, jei tai bus mano likimas.

"Pone Gumercindo, papasakokite man apie Mimoso.

"Tai panašu į tai, kaip sakė mano žmona, pone, mums draudžiama kalbėti apie tragediją, kuri čia įvyko prieš kelerius metus. Nuo tada, kai Clemilda pradėjo karaliauti, mūsų gyvenimas nebuvo toks pat.

Emocijos nugalėjo visus, kurie buvo kambaryje. Ašaros atkakliai liejosi Gumercindo veidu. Tai buvo vargšo žmogaus, kuris buvo pavargęs nuo žiaurios šio kerėtojo diktatūros, veidas. Gyvenimas šiems žmonėms buvo praradęs savo prasmę. Belieka tik jiems mirti su labai maža viltimi, kad kažkas jiems padės.

"Nusiramink, visi. Tai ne pasaulio pabaiga. Ši būties būsena negali trukti labai ilgai. Priešingos pasaulio jėgos turėtų likti pusiausvyroje. Nesijaudink. Aš tau padėsiu.

"Kaip? Ragana turi galių žmonėms. Jos marai sugriovė daugybę gyvenimų. (Gomes)

"Gėrio jėgos taip pat yra galingos. Jie čia sugeba atkurti taiką ir harmoniją. Patikėk manimi.

Atrodo, kad mano žodžiai neturi norimo efekto. Pokalbis keičiasi ir aš negaliu į jį susikoncentruoti. Ką galvojo šie žmonės? Dievui jie tikrai rūpėjo. Kitaip nebūčiau pakilęs į kalną, susidūręs su iššūkiais, įveikęs urvą ir sutikęs globėją. Visa tai buvo ženklas, kad viskas gali pasikeisti. Tačiau jie nežinojo. Reikėjo kantrybės, kad įtikintų juos pasakyti man tiesą ar bent jau parodyti man kelią. Baigiu vakarienę kartu su Renato. Atsikeliu nuo stalo, atsiprašau ir einu miegoti. Kita diena bus gyvybiškai svarbi mano planuose.

Pasivaikščiojimas po kaimą

Pasirodo nauja diena. Saulė kyla, paukščiai gieda, o ryto gaiva apgaubia visą viešbučio kambarį, kuriame esame. Pabundu jausdamasis siaubingai. Renato jau pabudo. Ištempiu, išsivalau dantis ir nusiprausiu po dušu. Tai, ką išgirdau prieš naktį, mane šiek tiek neramina. Kaip Mimoso galėjo dominuoti piktoji ragana? Kokiomis aplinkybėmis? Paslaptis man buvo per gili. Krikščionybė Amerikoje buvo įgyvendinta XVI amžiuje ir nuo to laiko ji tapo aukščiausia, suvaldydama visą žemyną. Kodėl tada, čia pat, vidury niekur, dominavo blogis? Turėjau išsiaiškinti priežastis ir priežastis.

Išeinu iš kambario ir einu į virtuvę pusryčiauti. Stalas padėtas, ir aš matau keletą gėrybių: bulvių. Pradedu tarnauti sau, nes jaučiuosi kaip namie. Kiti svečiai atvyksta ir elgiasi panašiai. Niekas neliečia prieš tai buvusios nakties temos, ir niekas taip pat nedrįsta. Karmen prieina ir pasiūlo man puodelį arbatos. Sutinku. Arbatos yra tinkamos širdies skausmui malšinti ir dvasiai pakelti. Aš su ja bendrauju.

" Ar galėtum, kad kas nors mane vestų būdamas Mimoso? Norėčiau padaryti keletą interviu.

"Tai nėra būtina, mano brangusis. Mimoso yra ne kas kita, kaip kaimas.

"Bijau, kad tu mane neteisingai supratai. Noriu žmogaus, kuris būtų intymus su žmonėmis, žmogaus, kuriuo galėčiau pasitikėti.

"Na, aš negaliu, nes turiu daug pareigų. Visi mano svečiai dirba. Turiu idėją: ieškokite Filipe, Sandėlio savininko sūnaus. Jis turi laisvo laiko.

"Ačiū už arbatpinigius. Žinau, kur yra sandėlis miesto centre. Paskambinsiu Renato ir mes eisime kartu.

"Nuostabu. Linkiu jums sėkmės.

Kviečiu Renato, kuris vis dar yra viešbučio kambaryje. Taip pat tikiuosi, kad jis pusryčiaus, kad galėtume išvykti. Ar galėsiu gauti tikslią informaciją apie Mimoso atvejį? Nekantravau sužinoti. Renato baigia pusryčius; atsisveikiname su Karmen ir pagaliau išeiname. Šalia viešbučio esanti aikštė pilna jaunų žmonių ir vaikų. Maži vaikai stovi aplink kalbėdamiesi tarpusavyje, o vaikai žaidžia. Visą jaudulį stebiu praeidamas pro šalį. Pasuku kampą, vedantį į miesto centrą, ir greitai atvykstu į sandėlį.

Palydovas yra maždaug penkiasdešimties metų vyras. Signalizuoju, kad vyras ateitų.

"Kaip aš galiu tau padėti?

"Aš ieškau Filipe. Kur jis yra, prašau?

"Filipe yra mano sūnus. Tik akimirką aš jam paskambinsiu. Jis yra sandėlyje.

Vyras nueina ir netrukus po grįžimo lydimas jaunos raudonplaukės, o liesas pastatytas kaip maždaug septyniolikos metų vyras.

"Aš esu Filipe. Ko jums reikėjo?

"Karmen man tave rekomendavo. Man reikia, kad palydėtumėte mane į kai kuriuos interviu. Mano vardas Aldivan, malonu su tavimi susitikti.

"Žinoma, mano malonumas, aš tave lydėsiu. Turiu šiek tiek laisvo laiko. Galime pradėti nuo vaistinės, kuri yra šalia. Savininkas yra vietos žinovas, nes jis čia buvo nuo pat įkūrimo.

"Puiku. Eime.

Lydimas Renato ir Filipe einu į vaistinę, kur atliksiu savo pirmąjį interviu. Tai, kad nesu tikras žurnalistas, mane šiek tiek nervina ir kelia nerimą. Tikiuosi, kad man seksis gerai. Juk pakilau į kalną, atlikau tris iššūkius ir išlaikiau urvo testą. Paprastas interviu manęs nesudraskys. Atvykę į vaistinę, per greitai prižiūrime. Esame supažindinami su savininku. Prašau jį apklausti, o jis sutinka. Išeiname į tinkamesnę vietą, kur galime pabūti vieni ir pasikalbėti. Pokalbį pradedu droviai.

"Ar tiesa, kad esate vienas seniausių gyventojų, vienas iš šios vietos įkūrėjų?

"Taip, ir nevadink manęs seru. Mano vardas Fabio. Mimoso tikrai pradėjo išsiskirti nuo pat geležinkelio skyriaus implantavimo. Pažanga ir šiuolaikinės technologijos atvyko 1909 m. Su Didžiaisiais Vakarų traukiniais. Britų inžinieriai Calander, Tolester ir Thompson suprojektavo geležinkelio bėgius, pastatė stoties pastatus ir Mimoso pradėjo augti. Prekyba buvo įgyvendinta ir "Mimoso" tapo vienu didžiausių sandėlių regione, antras tik "Carabais". Mimoso lemta augti, todėl esu čia.

" Ar gyvenimas čia visada buvo sklandus, ar jis patyrė tragiškų įvykių?

"Taip, buvo. Bent jau prieš metus. Nuo to laiko tai nebuvo tas pats.

Žmonės liūdi ir prarado bet kokią viltį. Gyvename diktatūros sąlygomis. Mokesčių našta yra per didelė, mes neturime žodžio laisvės ir turime atiduoti savo balsus paslėptoms jėgoms. Religija mums tapo priespaudos sinonimu. Mūsų Dievai yra žiaurūs Dievai, kurie nori kraujo ir keršto. Mes praradome tikrą ryšį su Dievu Tėvu, Vienu ir Vieninteliu.

"Papasakokite apie tai, kas įvyko prieš metus.

"Nenoriu ir net negaliu kalbėti apie tragediją. Tai labai skaudu.

"Prašau, man reikia šios informacijos.

"Ne. Mano šeima kentėtų, jei aš jums pasakyčiau. Dvasios gali viską girdėti ir pasakytų Clemilda. Negalėjau tiek daug rizikuoti.

Aš vėl ir vėl primygtinai reikalauju, bet jis tampa atkaklus. Baimė padarė jį bailiu ir mažapročiu. Jis pasitraukia iš vietos be papildomo paaiškinimo. Esu vienas, neramus ir kupinas klausimų. Kodėl jie taip bijo šios burtininkus? Apie kokią tragediją jis kalbėjo? Man reikėjo šios informacijos, kad žinočiau, kokiu pagrindu stoviu. Aš buvau Regėtojas, gabus dovanoms, bet tai nepalengvino. Jei ši Clemilda valdytų tamsiąsias jėgas, ji būtų didžiulė priešininkė. Juodoji magija gali užfiksuoti bet kurį žmogų, net ir geriausio pobūdžio. "Priešingų jėgų" susidūrimas galėjo sunaikinti visatą, ir tai buvo toliausias dalykas nuo mano proto. Atsargumo reikėjo nedelsiant. Man buvo aišku, kad "priešingų jėgų" pusiausvyra buvo sulaužyta, ir mano misija buvo ją suvienyti. Bet tam reikėjo žinoti visą istoriją. Einu su ta mintimi. Randu Renato ir Filipe, o mes išeiname į naujus interviu. Be to, tikiuosi, kad man pasiseks.

Po interviu esu visiškai nusivylęs. Negavau visos reikalingos informacijos. Koks aš buvau žurnalistas? Manau, kad turėjau išklausyti žurnalistikos kursą. Visi asmenys, su kuriais kalbėjausi, kepėjas ir kalvis, pakartojo tai, ką jau žinojau. Renato ir Filipe bando mane paguosti, bet aš negaliu sau atleisti. Dabar buvau pasimetęs, pasaulio pabaigoje, kur civilizacija dar neatėjo. Vienintelė informacija, kurią žinojau, buvo ta, kad Mimoso valdė piktoji ragana. Riksmas, kurį išgirdau nevilties oloje, vis dar privertė mane svaigti galva. Kas tai buvo, kam taip reikėjo mano pagalbos? Aš susikoncentravau į šį šauksmą ir, padedamas savo galių, atvykau į Mimoso keliaudamas laiku. Šios kelionės tikslai man dar nebuvo aiškūs. Globėjas kalbėjo apie "priešingų jėgų" susijungimą, bet aš neįsivaizdavau, kaip tai padaryti. Žinojau tik tiek, kad vis dar nevaldau savo "priešingų jėgų" ir tai mane dar labiau nuliūdino. Na, o dabar ne laikas nusivilti. Aš vis dar turėjau dvidešimt aštuonias dienas, kad išspręsčiau šią problemą. Dabar geriausia buvo grįžti į viešbutį ir sukaupti jėgų, nes man to reikėtų. Renato ir Filipe buvo su manimi ir pakeliui mes geriau pažinome vienas kitą. Jie yra tobuli žmonės. Nesijaučiu toks vienišas šioje vietoje, kurioje dominuoja žemiau esančios jėgos ir kuri yra kupina paslapčių.

Juodoji pilis

Mes jau trečią dieną po laiko keliaujame. Praėjusi diena nebuvo palikusi gerų prisiminimų. Po pokalbių nusprendžiau likusią dienos dalį praleisti viešbutyje, susirasdama save. Tai buvo mano atspirties taškas: susiduriu su svarbių klausimų sprendimu. Renato iki šiol man vis dar visai nepadėjo. Manau, kad globėjas klydo, kad atsiuntė jį su manimi. Juk jis buvo tik vaikas ir todėl neturėjo daug atsakomybių. Mano situacija buvo visiškai kitokia. Buvau dvidešimt šešerių metų jaunuolis, administracijos asistentas, turintis matematikos išsilavinimą ir daug tikslų. Neturėjau laiko galvoti apie meilę ar save, nes buvau misijoje, nors tiksliai nežinojau, kas tai yra. Vienintelis tikrumas, kad aš buvau, kad pakilau į kalną, supratau iššūkius, suradau jauną mergaitę, vaiduoklį, vaiką ir globėją, o aš išlaikiau testus urve. Tapau Regėtoju, bet tai dar ne viskas. Turėjau nuolat įveikti gyvenimo iššūkius. Na, o aušra nauja diena, o kartu ir naujos viltys. Atsikeliu, nusiprausiu po dušu ir pusryčiauju, išsivalau dantis ir atsisveikinu su Karmen. Praėjusi diena manyje pabudo nauja idėja: artimai pažinti savo priešą ir pavogti iš jų informaciją. Tai buvo vienintelė išeitis.

Išeinu į gatvę ir matau žaidimų aikštelę ir visus, sėdinčius ant suolų. Jie elgiasi normaliai, tarsi būtų normalioje bendruomenėje. Jie atitiko reikalavimus. Žmonės prie nieko pripranta net ir pražūties laikais. Aš vis vaikštau. Pasuku į kampą, sutinku keletą žmonių ir lieku tvirtas savo ryžtu. Urvo iššūkiai padėjo man prarasti baimę dėl kokių nors aplinkybių. Radau trejas duris, simbolizuojančias baimę, nesėkmę ir laimę. Pasirinkau laimę, o visa kita išmečiau. Taip pat buvau pasiruošusi naujiems iššūkiams. Pasuku kitą kampą ir ateinu į vakarinę kaimo pusę. Pasirodo didelė pilis.

Tai įspūdingas pastatas, kurį sudaro du pagrindiniai bokštai ir antrinis bokštas. Rezidencija yra juodai dažytų plytų mūro. Blogas skonis, būdingas piktadarys. Mano širdis lenktyniauja ir mano žingsniai taip pat tai daro. Mimoso ateitis priklausė nuo mano požiūrio. Ant kortos pastatyta nekaltos gyvybės, ir aš neleisčiau daugiau neteisybės. Susikibęs rankomis, tikėdamasis sulaukti kieno nors namuose dėmesio. Iš namo vidaus išeina tvirtas berniukas, aukštas ir tamsiaodis.

" Ko tau reikėjo?

"Esu čia, kad pamatyčiau Clemilda.

"Ji dabar užsiėmusi. Ateikite kitą kartą.

"Palaukite akimirką. Tai svarbu. Aš esu " Dienos žurnalas " reporteris ir atėjau padaryti specialų pranešimą apie ją. Tiesiog duokite man penkias minutes.

"Žurnalistai? Na, manau, kad jai tai patiks. Aš pranešiu apie jūsų atvykimą.

"Nereikia. Leisk man ateiti su tavimi.

Vyras signalizuoja "taip", o aš pradedu daugybę žingsnių, kurie suteikia prieigą prie lauko durų. Per mano kūną bėga drebulys ir atkaklūs balsai perspėja mane neiti. Katė vaikšto pro šalį ir mirksi savo nuožmiais nagais. Viduje meldžiuosi, kad Dievas suteiktų man jėgų atlaikyti bet kokią situaciją. Berniukas mane lydi, ir mes einame. Durys suteikia prieigą prie didelio, puošnaus fojė, pripildyto spalvų ir gyvybės. Dešinėje pusėje yra prieiga prie dar daugiau nei trijų kamerų. Centre yra šventųjų atvaizdai su ragais, kaukolėmis ir kitais nuodėmingais daiktais. Kairėje pusėje yra keisti paveikslai. Scenarijus yra siaubingas, ir aš negaliu jo iki galo apibūdinti. Negatyvios jėgos dominuoja vietoje ir verčia mane svaigti galva, nes tai yra "priešingų jėgų" susidūrimas. Vyras sustoja priešais vieną iš skyrių ir pasibeldžia. Durys atsidaro, kyla dūmai ir pasirodo riebi, juoda moteris, turinti stiprių bruožų, maždaug keturiasdešimties metų amžiaus.

"Kam aš esu skolingas Regėtojo garbę asmeniškai, atėjusiam manęs aplankyti?

Ji signalizuoja, kad vyras dingtų. Mane visiškai glumina jos požiūris. Iš kur ji mane pažinojo? Ar gali būti, kad ji žinojo apie kalną ir urvą? Kokias keistas galias turėjo ta moteris? Šis ir daugelis kitų klausimų tą akimirką perėjo per mano mintis.

"Matau, kad tu mane pažįsti. Tada turėtumėte žinoti, kodėl aš čia atvykau. Noriu sužinoti apie tragediją ir kaip jūs dominavote tokioje ramioje vietoje.

"Tragedija? Kokia tragedija? Čia nieko neįvyko. Aš tik šiek tiek pakeičiau vietą, kad ji taptų malonesnė. Žmonės su savo netikra laime... jie man nervinosi, ir aš nusprendžiau jį pakeisti. Mimoso tapo mano nuosavybe ir net jūs nieko negalite padaryti. Jūsų psichinės galios yra niekas, palyginti su mano.

"Kiekvienas piktadarys yra smerktinas ir išdidus. Abu žinome, kad ši padėtis negali tęstis ilgai. "Priešingos jėgos" turi išlikti pusiausvyroje visoje visatoje. Gėris ir blogis negali priešintis vienas kitam, nes priešingu atveju visatai gresia išnykimas.

"Man nerūpi visata ar jos žmonės! Jie yra ne kas kita, kaip vabzdžiai. Mimoso yra mano domenas, ir jūs turite tai gerbti. Jei priešinsitės man, kentėsite. Man tereikia paminėti vieną žodį didžiajam, ir aš jus suimsiu.

"Ar tu man grasini? Nebijau grasinimų. Aš esu regėtojas, kuris pakilo į kalną, įveikė tris iššūkius ir įveikė vieną urvą.

"Išeik iš čia, prieš tai, kai aš tave iškepsiu savo katile. Aš sergu nuo tavo dorybės. Man tai kelia pasibjaurėjimą.

"Aš eisiu, bet mes vėl susitiksime. Galų gale visada vyrauja gėris.

Greitai ją palieku ir einu prie durų. Išeidamas vis dar girdžiu jos juokelius. Ji gana išprotėjusi. Mano klausimai lieka neatsakyti, o aš lieku be tikslo ir be jokių ženklų. Susitikimas su Clemilda nebuvo išpildęs mano tikslo.

Koplyčios griuvėsiai

Išėjęs iš juodosios pilies nusprendžiu eiti kitu keliu. Noriu pamatyti dar šiek tiek miestelio ir jo žmonių. Eidamas rytų link, randu keletą ir bandau kalbėtis. Tačiau jie manęs vengia. Jų nepasitikėjimas dar didesnis, nes esu nežinomas, jaunas reporteris. Jie nežino mano tikrųjų ketinimų.

Noriu išgelbėti Mimoso, surasti žmogų, kurio ieškau, ir suvienyti "priešingas jėgas", kaip iš manęs prašė globėjas. Bet tam reikėjo šiek tiek pasiskolinti iš vietos istorijos ir tiksliai žinoti visus savo priešus. Turėčiau visa tai kuo greičiau išsiaiškinti, nes turėjau terminą susitikti. Kalno pakilimas, iššūkiai, urvas, visa tai man buvo būtinas žinojimas, kad žinočiau, koks yra gyvenimas ir kaip žmonės jį gyvena. Atėjo laikas tai įgyvendinti praktiškai. Apsisuku už kampo ir už kelių pėdų į priekį susiduriu su griuvėsių krūva. Galvoju apie vietos ir jos žmonių organizavimo stoką. Šiukšlės laisvai plūduriuoja tarp visuomenės ir gali perduoti ligas bei tarnauti kaip gyvūnų ir vabzdžių darželis; tai buvo žalinga žmogui. Priartėju, kad geriau pažvelgtų į vietos nelaimę. Palaukti, palauk. Šioje šiukšlėje yra kažkas kitaip. Pusiau iškastas, matau didžiulį medinį krucifiksą, tarsi jis būtų iš koplyčios. Aš geriau judu šiukšles ir aiškiai matau: Tai krucifiksas. Jį palietus, per visą mano kūną sklinda karščio banga ir aš pradedu turėti vizijas. Matau kraują, kančią ir skausmą. Akimirką atsiduriu toje vietoje, dalyvauju praeities įvykiuose. Nuimu ranką nuo nukryžiuotojo. Aš dar nepasiruošęs. Be to, man reikia šiek tiek laiko, kad per mažiau nei tris sekundes sugerčiau viską, ką pajutau. Kryžius kažkaip sustiprina mano galias, ir aš pradedu jausti man priešingos jėgos veiksmą.

Užsakymas

Mano apsilankymas pas baisią, tamsią burtininkę, vardu Clemilda, nepaliko jos laimingos. Jai niekada neprieštaravo. Jos domenas Mimoso bendruomenėje buvo visiškai neribotas. Tačiau ji neskaičiavo pagal gėrį, siųsdama mane į kelionę laiku atgal į vietą. Iškart po to, kai aš išvykau iš pilies, ji vėl susivienijo su savo lakėjai, Totonho ir Cleide, ir jie konsultavosi su kultinėmis pajėgomis. Jie įėjo į kairįjį skyrių, esantį salėje, ir kaip auką paėmė mažą kiaulę. Ragana paėmė knygą ir pradėjo deklamuoti šėtoniškas maldas kita kalba, o ji ir jos bičiuliai pradėjo aukoti vargšą gyvūną. Skyrių užpildė kraujo takas, o neigiamos jėgos ėmė koncentruotis. Natūralus vietovės apšvietimas buvo pritemdytas, o burtininkė pradėjo beprotiškai rėkti. Per trumpą laiką aptvarą užvaldė tamsa ir pro veidrodį atsivėrė dviejų pasaulių bendravimo durys. Clemilda pagarbiai elgėsi su savo

Viešpačiu ir ėmė apie jį kalbėti. Ji buvo vienintelė tame junginyje, kuris turėjo tokį gebėjimą. Nuodėmingas orakulas ir jos receptorius kurį laiką buvo visiškoje bendrystėje. Kiti tiesiog stebėjo visą situaciją. Po susitikimo tamsa išsisklaidė, o svetainė grįžo į pradinę būseną. Clemilda atsigavo nuo pokalbio poveikio, paskambino savo pagalbininkams ir pasakė jiems:

"Visoje bendruomenėje paskleiskite tokią tvarką: Kas, vyras ar moteris, suteiks bet kokią informaciją vyrui, vardu Regėtojas, bus griežtai nubaustas. Jo ar jos mirtis bus tragiška ir pažymės jų perėjimą į tamsos karalystę. Tai karalienės Clemilda ordinas visam Mimoso.

Skubotai Clemilda vargšai ėjo vykdyti įsakymo pranešti naujienas kaimo gyventojams, kaimyninėms vietoms ir dirbamoms žemėms.

Gyventojų susirinkimas

Clemilda išleistu įsakymu gyventojai buvo dar santūresni šiuo klausimu. Fabio, vaistinės savininkas ir namų savininkų asociacijos prezidentas, sušaukė skubų susitikimą su pagrindiniais vietos vadovais. Susitikimas buvo numatytas 10.00 val. asociacijos pastate miesto centre. Jie svarstytų mano bylą.

Nustatytu laiku pagrindinė pastato salė buvo užpildyta. Be kita ko, dalyvavo majoras Quintino, delegatas Pompeu, Osmar(ūkininkas), Sheco (sandėlio savininkas) ir Otavio (žemės ūkio parduotuvės savininkas). Sesiją pradėjo prezidentas Fabio:

" Na, mano draugai, kaip jūs visi žinote, Clemilda vakar po pietų išleido užsakymą. Niekas neturėtų perduoti jokios informacijos subjektui, vadinamam "regėtoju", kuris apsistoja viešbutyje. Matau, kad šis žmogus yra labai pavojingas ir turi būti suvaldytas. Jis net bandė iš manęs surinkti tam tikrą informaciją, bet nepavyko. Jis norėjo sužinoti apie tragediją.

"Regėtojas? Apie šį žmogų negirdėjau. Iš kur jis kilęs? Kas jis toks? Ko jis nori su mūsų mažu kaimeliu? (Paklausė majoras)

"Lengva, majoras. Mes vis dar to nežinome. Vienintelė informacija, kurią turime, yra ta, kad jis yra paslaptingas autsaideris. Turime nuspręsti, ką su juo daryti. (Fabio)

"Palaukite minutę, vaikinai. Iš to, ką žinau, jis nėra nusikaltėlis. Mano sūnus Filipe lydėjo jį pasivaikščioti į miestą ir man pasakė, kad jis yra geras, sąžiningas žmogus. (Sheco)

"Pasirodymai gali būti apgaulingi, sūnau. Jei Clemilda mums uždėjo šį įsakymą, tai šis žmogus mums tapo pavojumi. Turėsime kuo greičiau jį išvaryti. (Otavio)

"Jei jums reikia mano paslaugų, aš esu prieinamas. (Pompeu, delegatas)

Susirinkime atsiranda nedidelis trikdymas. Kai kurie pradeda protestuoti. Pompeu atsistoja, pasikonsultuoja su majoru ir sako:

"Suimkime šį žmogų. Kalėjime mes užduosime jam visus būtinus klausimus.

Grupė išardo su įsakymu mane suimti. Ar gali būti, kad buvau nusikaltėlis?

Lemiamas pokalbis

Palieku koplyčios griuvėsius ir pradedu eiti link viešbučio. Mano šeštasis pojūtis man sako, kad man gresia pavojus. Tiesą sakant, nuo tada, kai buvau "Mimoso", jis visada mane įspėjo apie tai, kur einu. Kaimas, kuriame dominuoja tamsiosios jėgos, nebuvo geras atostogų pasirinkimas. Tačiau turėčiau įvykdyti kalno sergėtojui duotą pažadą: suvienyti "priešingas jėgas" ir padėti to riksmo, kurį išgirdau nevilties oloje, savininkui. Niekada negalėjau atsisakyti šios misijos. Mano pėdutės įsibėgėja, ir netrukus atvykstu į viešbutį. Atidarau duris, nueinu į virtuvę ir randu Karmen, paskutinę viltį. Pajutau pakankamai drąsos ir tikėjausi gerumo, kuris man padės.

"Ponia Carmen, man reikia su tavimi pasikalbėti, ponia.

"Pasakyk man, Aldivan, ko tu nori?

"Noriu viską sužinoti apie Mimoso tragediją ir istoriją.

"Mano sūnau, aš negaliu. Ar nežinote naujausio? Clemilda grasino nužudyti visus tuos, kurie jums teikia informaciją.

"Žinau. Ji yra gyvatė. Tačiau jei man nepadėsite, Mimoso dar labiau nuskęs ir rizikuos dingti.

"Netikiu. Supuvęs niekada nepražūva. Tai pamoka, kurią išmokau nuo tada, kai ji pradėjo valdyti.

Kelias akimirkas vyravo tyla, ir aš supratau, kad jei nesakysiu tiesos, neturėsiu jokių atsakymų. Mano pagrobėjai ruošėsi pulti.

"Karmen, atidžiai klausyk, ką aš pasakysiu. Nesu nei žurnalistas, nei reporteris. Esu keliautojas laiku, kurio misija yra atkurti pusiausvyrą, kurios Mimoso taip reikia. Prieš atvykdamas čia, pakilau į Ororubá kalną; Atlikau tris iššūkius, radau jaunuolį, globėją, vaiduoklį ir Renato. Įveikęs iššūkius, gavau teisę įeiti į nevilties olą, urvą, kuris gali įgyvendinti net pačias giliausias svajones. Urve vengiau spąstų ir pažengiau per scenarijus, kurių joks kitas žmogus niekada nėra pranokęs. Urvas padarė mane Regėtoju, būtybe, galinčia peržengti laiką ir atstumą, kad išspręsčiau nuoskaudas. Turėdamas naujų galių, galėjau keliauti laiku atgal ir atvykti čia. Noriu suvienyti "priešingas jėgas", padėti nepažįstančiam žmogui ir nuversti šios nedoros raganos tironiją. Galų gale man reikia viską žinoti ir žinoti, ką tu sugebi atskleisti. Jūs esate geras žmogus ir, kaip ir kiti čia esantys, jūs nusipelnėte būti laisvi, nes Dievas mus sukūrė.

Karmen atsisėdo į kėdę ir tapo emocinga. Po jos veidu slydo gausios ašaros, subrendusios iš kančių. Aš laikiau jos rankas ir mūsų akys akimirksniu susitiko. Akimirką pasijutau taip, lyg būčiau mamos akivaizdoje. Ji atsikėlė ir pasiūlė man ją palydėti. Sustojome priešais duris.

"Atsakymus, kurių jums labai reikia, rasite čia, šiame depozitoriume. Tai aš galiu padaryti dėl tavęs: Parodyk tau kelią. Sėkmės!

Dėkoju jai ir duodu palaimintą nukryžiuotąjį. Ji šypsosi. Įeinu į saugyklą, uždarau duris ir susiduriu su daugybe spausdintų laikraščių. Kur būtų šis dalykas, kurio ieškau?

Pirmosios priešingų jėgų dalies pabaiga